我的人生我做主

［日］薄井辛西娅 著

沈于晨 译

湖南文艺出版社
博集天卷

JINSEI WA MOTTO JIBUN DE KIMETE II by Cynthia Usui
Copyright © 2021 by Cynthia Usui
All rights reserved.
Originally published in Japan by Nikkei Business Publications, Inc.
Simplified Chinese Translation Rights arranged with Nikkei Business Publications,
Inc. through East West Culture & Media Co., Ltd.

© 本书中文简体版著作权由薄井辛西娅授权中南博集天卷文化传媒有限公司行使。本书版权受法律保护。未经权利人许可，任何人不得以任何方式使用本书包括正文、插图、封面、版式等任何部分内容，违者将受到法律制裁。

著作权合同登记号：图字 18-2023-289

图书在版编目（CIP）数据

我的人生我做主 /（日）薄井辛西娅著；沈于晨译
. -- 长沙：湖南文艺出版社，2024.2
ISBN 978-7-5726-1547-4

Ⅰ. ①我… Ⅱ. ①薄… ②沈… Ⅲ. ①随笔—作品集—日本—现代 Ⅳ. ① I313.65

中国国家版本馆 CIP 数据核字（2023）第 246536 号

上架建议：女性·励志

WO DE RENSHENG WO ZUOZHU
我的人生我做主

著　　者：	[日]薄井辛西娅
译　　者：	沈于晨
出 版 人：	陈新文
责任编辑：	匡杨乐
监　　制：	董晓磊
策划编辑：	张婉希
特约编辑：	张晓虹
营销编辑：	木七七七
版权编辑：	金　哲
版式设计：	潘雪琴
封面设计：	梁秋晨
内文排版：	百朗文化
出　　版：	湖南文艺出版社
	（长沙市雨花区东二环一段 508 号　邮编：410014）
网　　址：	www.hnwy.net
印　　刷：	三河市中晟雅豪印务有限公司
经　　销：	新华书店
开　　本：	775 mm×1120 mm　1/32
字　　数：	102 千字
印　　张：	6.5
版　　次：	2024 年 2 月第 1 版
印　　次：	2024 年 2 月第 1 次印刷
书　　号：	ISBN 978-7-5726-1547-4
定　　价：	49.80 元

若有质量问题，请致电质量监督电话：010-59096394
团购电话：010-59320018

目录

前言　我的人生我做主　　　——1

薄井辛西娅的职业年表　　　——6

第 1 章　我也有"极限"

过时的概念：完美平衡工作与生活 —— 002
为什么我喜欢工作却选择做全职主妇？ —— 006
成为母亲后，我看到了自己的"极限" —— 010
你能改变和不能改变的事情 —— 013
时间、年龄、家人、金钱、他人……哪些是可以改变的？ —— 015
"有计划地"浪费时间 —— 021
如果太忙，那就只做计划内的事情 —— 026
收银员工作救我脱离抑郁苦海 —— 029

第 2 章　"价值观"决定自我优势

"62 岁，单身"——这是优势还是劣势？ —— 034
从思考偏好和优先顺序来思考自我价值观 —— 037
工作比孩子更重要？只要能接受那就行 —— 040
新冠肺炎疫情后，朋友在我心里的优先顺序上升！ —— 042
自己的生活水平是否与收入相当？ —— 047

了解"劣势"比了解"优势"更有效	—— 049
随着人生阶段的变化,"劣势"越来越多	—— 051
往事犹可忆,不受往事扰	—— 053
经验是累赘还是地基?	—— 055
把爱好当成事业才是对的?不,没有爱好也没关系!	—— 060
用"劣势"创造"优势"	—— 064
读者实践 "我的决定" ①	—— 066

第 3 章 | 选择、放弃和决定

手握选项却难以抉择?那它们只能是垃圾!	—— 072
如何放弃选项?	—— 075
收集信息:为做出能接受的决定奠定基础	—— 077
信息收集就是"连点成线"	—— 083
如果迷茫就写下选项贴到冰箱上	—— 086
道理都懂,却做不了决定怎么办?	—— 088
直接行动的意外惊喜	—— 091
想做 ≠ 能做,决定 = 战略	—— 093
我成长于一个不公平的环境	—— 095

重返职场第一步：因为我只能做这个工作 —— 101

如果郁郁不快或有所迷茫，那就是不够以自我为中心 —— 106

做出取舍，做好规划 —— 110

人生的挫折和失败能帮助我们做出决定 —— 112

第 4 章　为了做决定以后不迷茫

设想最坏的剧本，避免内疚和留恋 —— 116

我能接受失败吗？ —— 119

总是担心"如果不顺利的话该怎么办……" —— 122

设定小目标，宛如玩"双陆" —— 126

"好羡慕那个人啊！"——如何与嫉妒打交道？ —— 130

懒人的运动日：我最牛！ —— 133

屡败屡战，不断成长 —— 136

志愿者活动成了我的"第三空间" —— 139

遇见推我一把的导师 —— 143

成为对导师有用的人 —— 145

离婚？不离婚？我愁得都快抑郁了！ —— 148

读者实践　"我的决定" ② —— 153

第 5 章 从 40 多岁开始，也能建立自我品牌

你是什么样的人？你在别人眼里又是什么样的人？	158
8 万日元养老金就足够一个人生活	160
关于时尚，制定规则就不会迷茫	165
我 47 岁起做激光祛斑，重视外表多过考取证书	170
更年期促使我开始运动	174
一日两餐，遵循自我价值观轻松生活	177
60 多岁也能交到 20 多岁的朋友	180
熟练使用 SNS 发布信息也是在建立自我品牌	184

结语　往后余生，不求幸福，但求满足 —— 189

前　言
我的人生我做主

大家好，我是薄井辛西娅，今年62岁，单身，现任某外资酒店日本法人社长。

我的经历大致如下，详细情况我会在这本书的正文再和大家慢慢聊。

我30岁时生下女儿，后辞职做家庭主妇直到她考上大学，其间整整十七年都忙于家务和育儿；47岁时我开始在女儿的母校做"食堂阿姨"——当时我陪同外交官丈夫生活在泰国，而这份工作也成为我重返社会的起点；52岁时我回到日本，积极求职却屡吃闭门羹，最后终于找到一份时薪1300日元的电话客服工作，由此正式踏入日本职场。当时我抢着去做大家不愿意做的工作，并且工作方法得到了认可，后应邀跳槽至全日空东京洲际酒店，入职三年后升为销售开发部副经理。

之后，我被可口可乐日本公司聘为高级经理，负责与2020年东京奥运会和残奥会有关的招待业务，但新冠肺炎疫情的暴发导致奥运会和残奥会延期，我也因此失业。

虽然我依旧希望从事酒店业和旅游业，但当时新冠肺炎疫情肆虐，这显然成了痴人说梦。于是我重新开始寻找自己能够胜任的工作，最后选择去超市打工做收银员。2021年春天，我经猎头介绍进入外资酒店LOF酒店管理有限公司担任日本法人社长，该品牌的总公司位于澳门。

由此，我正式开启了充满希望的下半生。

有很多朋友问我："你为什么能在短时间内取得事业上的成功？"对这个问题，我得出的答案是"深思熟虑、当机立断、日积月累"，这样自然就能收获成果。我觉得铢积寸累才是为自己人生做主的唯一方法。

● 深思熟虑后做出决定

幸运也好，天上掉下的馅饼也罢，我觉得捡到这些"宝"的前提都是先经过深思熟虑，然后采取相应行动。

诚然，人也会经历失败或误判，但只要在发生问题时思考如何解决并将想法付诸实践，那就有可能扭转乾坤，而失败的经验则可以作为未来的"前车之鉴"，有效提高今后判断的准确度。

总之呢，自己的人生要自己思考、自己决定。

我的人生我做主！

因为我本人的性格比较心直口快，所以多数时候显得非常自信、毫不迷惘，大家会觉得我"严格"、"强势"或者"总是迎难而上"等等，可实际上并非如此。

我也曾陷入迷茫，经历抑郁，也曾因为缺乏自信而三番两次地拒绝来之不易的跳槽机会。在本书当中，我也会和大家分享我所经历的那些迷惘与动摇。

其实我本身并不擅长通过描绘梦想和愿景来激励自己,况且我真正重返职场的时候已年逾五十,早就过了所谓"做梦的年纪"。喏,在生活中,几乎所有事情都不会按照我们设想的轨道发展,但我们也不能因此就不接受自己的人生,如果总是犹豫不决,那反而会导致烦恼缠身。

因为人的一生是有限的,而我不想对自己的人生感到后悔,所以我一心只看眼前事,把当下我需要做的每件事情都做好、做成功,只有这样,我才能知道自己具有多少价值。

或许这样的做法过于一丝不苟,而且看上去很难,但是反过来想想,其实并不是什么难如登天的事情,不过是积跬步以至千里而已。

也正是这样的点滴累积,才让我在面对任何情况时都不会沉溺于过去的幸福,也不会受到焦躁和不满情绪的影响,我不后悔自己做出的每一项决定,这让我可以一直活成自己的模样。

所以,如果你现在因为某些事情而感到烦闷,或者被育儿、家务和工作压得喘不过气来,抑或因为犹豫不决而一直苦恼,那么请你试试本书推荐的几个小方法吧,它们会告诉你接下来该如何思考以及采取怎样的行动。如果你能不断积累,那么烦闷的情绪就会离你远去,令你心情舒畅。另外请你记住,人生的缰绳要握在自己手中。

我希望通过这本书告诉大家,人要尽快确定自己的价值观。

无论什么年纪,身处何种境况,只要一个人具备"决断的能力",那么他就能接受自己。我本人就是一个活生生的例子。就算你无法接受当下的自己或者难以理解过去的自己也无妨,因为从现在开始,你还能改变很多事情。

在本书中,我会详细介绍我的想法以及我所采取的行动。

当然,我是我,你是你,对你们而言,我接下来要讲述的"薄井辛西娅的故事"只是"参考书",而不是"指南"。各位读者朋友,如果你恰巧从中找到了适合自己并有所启发的方法,那我将不胜欣喜。

薄井辛西娅的职业年表

20 岁	▶ 作为国费留学生从菲律宾前往日本留学。
25 岁	▶ 从东京外国语大学毕业。入职日本的菲律宾国营贸易公司。
27 岁	▶ 与日本人结婚，随外交官丈夫前往利比亚生活两年。
29 岁	▶ 回到日本，入职广告公司做文员。
30 岁	▶ 长女出生，辞职做全职家庭主妇。
32 岁~47 岁	▶ 陪同丈夫驻外，约三年时间辗转于拉各斯、纽约、维也纳、曼谷，其间忙于搬家、育儿。
48 岁	▶ 女儿考上大学后，开始在女儿曼谷母校的自助餐厅工作（月薪约 9 万日元）。三个月后升为管理层，负责管理三家自助餐厅，并参与产品的设计与制作（月薪约 27 万日元）。两年完成年均 1 亿日元的销售额，年薪达到 1000 万日元。
51 岁	▶ 前往美国与丈夫团聚。
52 岁	▶ 丈夫先行回到日本，随后和女儿一起返日。 ▶ 投递的简历全都石沉大海。在 TAC 网站上找到了一份时薪 1300 日元的工作，是在东京美国人俱乐部做宴会助理，一开始是电话客服，后转做销售。凭一己之力完成了宴会团队全年预计销售额的 40%。
53 岁	▶ 受曼谷的熟人之邀，跳槽去了全日空东京洲际酒店担任客房销售经理（合同制员工）。第二年升为客房部高级经理，三年后升为销售开发部副经理。出版第一本书《全职主妇重返职场前应该做的八件事》。

续表

58 岁	> 经猎头介绍跳槽去了东京香格里拉酒店。人生中第一次当上正式员工。 > 与丈夫和平离婚。
59 岁	> 跳槽去了可口可乐日本公司任高级经理,负责与2020年东京奥运会和残奥会有关的招待业务(定期正式员工)。 > 书被改编成电视剧《主妇胜!》(NHK/铃木保奈美主演)。
61 岁	> 奥运会因新冠肺炎疫情延期,因此失去工作并陷入抑郁。因为对未来感到不安,从可口可乐日本公司离职,去超市打工做收银员。
62 岁	> 经猎头介绍,担任外资酒店 LOF 酒店管理有限公司的日本法人社长。为了酒店能在新冠肺炎疫情下顺利开业而积极奔走。
63 岁	> 进入 IT 外企担任活动营销经理。

第 1 章

我也有"极限"

过时的概念：
完美平衡工作与生活

"完美平衡工作与生活"——这句话好比形容一个人走在窄窄的平衡木上，一边是工作，另一边是生活，他拼命地保持平衡，想做到两全其美。

如今有很多人都在工作和生活的夹缝中努力挣扎，有人说："我有很长的一段时间心情都很低落，我讨厌走平衡木，可结婚生了孩子后，我又觉得自己仿佛摔下了那根平衡木，无论是生活还是工作都乱作一团。"

如果一个人能同时全力以赴且游刃有余地对待工作和生活，那自然很好，可实际能做到的人只是凤毛麟角吧？虽然肯定有人耗尽心力地维系平衡，但至少笨手笨脚的我做不到，所以我果断选择放弃，我觉得自己无须如此。

● 保持人生的平衡即可

不过这并不是因为我已经辞职或者我压根儿不在乎生活，我只是选择放弃同时做好"育儿"和"工作"这两件事情，不再追求在一天或一周等短暂的时间内平衡两者。我认为，只要保持人生的平衡即可。

我 30 岁时生下长女，然后做了将近二十年的全职主妇，等到孩子长大外出求学以后，我又重返职场，现在我 62 岁，担任一家外资酒店日本法人社长。育儿这件事是有"限定期限"的，62 岁的我就算想做也做不到，但工作不一样，我现在干劲满满。人生百年，只要条件允许，我可以在接下来的十年、十五年中继续干下去。所以，我觉得结束育儿以后再尽情工作或许也是个不错的选择。

事实上，我已有将近二十年没有工作，但扣除这些时间后，我剩下的人生还很长，可以慢慢平衡工作和生活。

现年 62 岁的我已经结束育儿，重新恢复单身，一个人自在地生活，就算我埋头于工作也不会给任何人带来麻烦。我有大把的幸福时间，从现在起到我 80 岁还有十八年，我希望能一步一个脚印地做好我的事业。人生尚在半途，我的目标并不是走在平衡木上维系工作和生活的平衡，然后取得飞跃，我希望自己能成为马拉松运动员，始终用自己的步伐和节奏奔跑，直到抵达终点。

不过嘛，每个人的情况各不相同。像我这样能干净利落地规划人生的人固然是少数，也会有人时刻离不开工作。其实无论男女，无论有没有孩子，大家都存在平衡工作与生活的问题。

正因为如此，正确答案并不是只有一个，大家拥有很多种选择，比如"即便不辞职，也可以放慢节奏，把重心放在育儿上""下定决心努力工作，把时间都花在工作上""留出学习的时间""去旅行,拓宽自己的见识"等等。你可以为自己的人生做选择,自己决定什么时候踩油门,什么时候踩刹车,这也是一种不错的生活方式,不是吗?

为什么我喜欢工作却选择做全职主妇？

媒体上出现的职业女性是不是大多都看上去光鲜亮丽？她们是职场上的女强人，也是陪伴孩子的好妈妈，她们既擅长烹制健康的料理，又把房间收拾得整洁漂亮。

我们固然不能断言"这种人压根儿不存在"，但我觉得这种十全十美的例子到底是少数，大多要么是被包装成特殊的卓越女强人，要么只是金玉其外，败絮其中而已。

人们常常会觉得"我做不到""我不行"，其实完全没必要因此而感到郁闷……虽说还是会有些在意。人就算已经平衡得非常好，也不敢相信自己做到了，实际上我也是如此。

我出生于菲律宾的一个日本人家庭。我本人非常反对"女孩子不需要学历"这种男权主义思想,于是在20岁时作为国费留学生来到日本,在东京外国语大学等地学习,毕业后进入一家贸易公司工作,27岁时和我的外交官前夫结婚(58岁时离婚)。

当时我完全没想过辞职。虽然婚后不久我就随丈夫外派去了非洲的利比亚,不过两年后我回到日本就立刻找了一份广告公司的工作。

工作很有趣,但我不太喜欢做文职,一直想去跑销售业务。30岁怀孕时,我也打算休完产假就立刻返岗。可当我把女儿抱在怀里时,我的想法骤然发生了变化,我的直觉告诉我"养育这个小姑娘将会是我未来人生中最重要的工作",于是我毫不犹豫地选择成为全职主妇。

从我女儿出生到她考入大学的十七年间,我陪同驻外的丈夫在五个国家之间辗转生活。作为一名全职主妇,我全力倾注于家务和育儿。因为想彻底断掉外出工作的想法，我就把全职主妇当成我的职业。我把家务和育儿当成"任务"，怀着满腔的热情努力去做，就像做项目一样。现在想想，我可能是想通过这样做来维护自尊。

● 育儿的十七年是我人生中最幸福的时光

总之，女儿在我心里排在第一位。她下午 2 点放学回家，所以我会在下午 2 点之前做完所有家务，之后的时间就全部用来陪伴她。比如当我切洋葱的时候，如果她问我："妈妈，为什么你在哭啊？"我就会认真地去查阅资料，找出人切洋葱时会流眼泪的原因。面对女儿的十万个为什么，我会一直回答到她理解为止，但假如我在工作，可能会忙得只能敷衍她"这个问题之后再说吧"。

女儿和我一起度过了十七年的时光，后来她同时被哈佛大学、耶鲁大学、普林斯顿大学等美国名校录取，并最终选择进入哈佛大学学习。毕业后她在外资金融机构的日本法人工作，之后又进入哈佛大学法学院考取律师资格，如今在美国做律师。和她在一起的十七年时光是我人生中独一无二的珍宝和最幸福的时光，我将铭记终生。

成为母亲后，
我看到了自己的"极限"

为什么我在生孩子前还想要继续工作，但是把新生女儿抱在怀里的瞬间就轻易地改变了想法，选择成为一名全职主妇呢？也许有人会对我的选择感到困惑，孩子真的是如此伟大的存在吗？

对我而言，孩子这种生物的破坏力真的太可怕了，虽然我也很想育儿和工作两手抓，但显然这两件事无法并行，而孩子在我心里的排名更靠前。

当然也有些人能够做到育儿的同时也不放弃工作，很多职场妈妈的第一顺位虽然也是孩子，可她们依然继续咬牙工作。

不过我这个人相当笨拙，负荷也有限，做不到两手抓。那时我总在想："如果女儿的人生出了什么问题，我该怎么办呢？"并且我想象了很多种情况，比如当我把女儿安置在某处，然后去工作的时候，万一女儿发生了事故或者其他什么事情，并因此遭受巨大伤害，那我该怎么办？即便那并不是我的错，我也会一直自责并万分后悔自己坚持工作。

啊，原来这就是我的极限。

这是我自孩子诞生以来第一次看到自己的极限，因此我决定辞职，然后专心育儿。我固然想继续工作，可我的极限就在这里，所以别无他法。

我觉得这是一个很重要的发现。

其实在我女儿读小学三年级时，我曾试着去小学做兼职助教。上班第一天，我和女儿一同从家里出发去学校，下班后再一起回家。可当我疲惫地踏入家门时，却看到家里依然是我出门时那副乱糟糟的样子，我知道这是必然的，但我意识到这一点时还是倍感震惊。因为我必须从现在开始收拾打扫,没法儿像往常一样满足地和放学回家的女儿聊天,我的节奏也完全被打乱,而原本我能按照自己的节奏最大化地发挥我的价值——这真令人生气!于是我上了一天班后就放弃了这份工作。

之后,我衡量了自己的负荷能力,不再想外出兼职。

你能改变和不能改变的事情

有了孩子以后,我第一次发现了自己的极限所在。迄今为止我一直在追寻平衡工作和育儿的可能性,并且在大脑里形成了一个能够达成平衡的自我形象,直到我把刚出生的女儿抱在怀里,我才发现我存在"极限"——无论如何都无法改变的极限。

于是在踏入人生新阶段之前,我充分地思考了自己能做到和做不到的事情。说真的,和孩子在一起的每一天我都发自内心地感到幸福,但我依然对事业有所留恋。

可是,我的丈夫是常年驻外的外交官,每三年就要换一个国家生活,我也跟着他满世界跑,所以应该也没有哪家公司能聘用我吧。如果我非要工作,那就只能选择离婚,那个时候我觉得只有离婚才是突破极限的关键。

可离了婚,然后做单身妈妈吗?当时的我并没有那样的自信,所以我放弃了事业。虽然我可以把放弃工作这件事的原委归结于前夫,但这个选择是我自己做的,我希望并决定成为一名全职主妇,所以我觉得我要做好这个"职业",并且就像我在前文中所说的那样,我想把全职主妇当成我的事业看待。为了断了再去工作的念头,我必须这样做。

其实人很难发现自己的极限,除非有意识地去寻找。如果有些事情能凭借人自身的能力改变,那也一定有些事情无论如何都难以改变,即便是那些能够改变的事情也存在改变的极限。我们要冷静地把握这个极限,它有助于我们进行准确的判断以及做出自己能够接受的决定。

时间、年龄、家人、金钱、他人……哪些是可以改变的？

接下来我们来梳理一下，哪些东西是自己能够改变的，哪些东西又是无法改变的呢？

其实重要的并不是关注改变的可能性，而是要了解极限在哪里。关注可能性就等同于在做梦，而关注极限所在则相当于正视现实。如果你的日常生活毫无空闲可言，请试着说服自己先正视现实吧！

那么，又有哪些事情是人无法依靠自己的力量改变的呢？

首先是"时间"。请记住，一天只有24小时！或许你既想做这个也想做那个，于是"待完成清单"越来越长，我很理解你的心情，但是……你拥有的时间只有一天24

小时啊。

　　这么说吧，我们都想成为女强人和超级妈妈，想变成那种不需要睡觉也能工作、头脑灵活又可以做很多事情的人，但实际上你我都做不到如此。人一般需要7小时的睡眠，不管有多想做的事情，也最好不要牺牲睡眠时间去做，因为这会导致你所做的事情质量下降，从而始终无法令自己满意。你应该牺牲的并不是睡眠时间，而是你想做的"某件事"。如果一个人的"待完成清单"总是满满当当，那么我觉得他应该重新审视一下想做的事情是否已经超过了自己的负荷。

　　其次是"年龄"。这一点也是无法改变的，世间众人皆是一年长一岁。对了，那"寿命"呢？虽然寿命不是绝对的，但在某种程度上也许能够通过努力有所改变，比如凭借吃饭、睡觉、运动等健康的生活习惯，或许多少能有所延长。

　　接着是"配偶"。这是可以改变的，比如通过离婚。我在 58 岁时离婚，而在这之前的近十年当中，我一直在摸索如何将就着生活。

然后是"依赖自己的家人"。虽然血缘关系无法解除，但我们可以在某种程度上控制交往的深浅。举个极端的例子，你可以直白地告诉对方"别再依赖我了"，从而与对方保持距离。有些人在听到亲人之间的关系也可以改变时觉得非常震惊，但其实呢，家人在一个人心里的分量轻重会导致这个人的生活发生很大改变。

当我在面试应聘者或者决定兼职员工的工作时间时，很多人会对我说"我有家人要照顾，所以某某事情我做不了""因为有家人在，所以我只能工作到几点"。透过这些回答，我能看到这名应聘者是更看重工作还是更看重家人。或许有人觉得这些是"无法靠自己改变的事情"，但实际上决定权掌握在你自己手里，不是吗？有时家人也会在你找工作和决定住处时意外地成为制约因素。所以，我建议大家先厘清自己心里的优先顺序。

● 隐形家务和隐形工作也与极限有关

大家都有很多不得不做的事情，对吧？无论在家里还是职场都一样。喏，像家里的话呢，比如，如果养狗，那么遛狗也是一项家务，因为每天都必须带狗出去散步呀。再比如，我女儿患有脊柱侧弯症，所以我每天都有一项必不可少的活，那就是帮她穿脱整形矫正衣。我建议身患宿疾的人最好把治疗和护理的必做事项也当成自己工作的一部分。

同时，"体力"在一定程度上能够改变极限。人通过锻炼，身体就可以承担更多的工作。我在面试员工时还发现有些人提出"我很想工作，但因为我的腰不好，所以某某事情我做不了"。虽然要视具体情况而定，但我们也应该思考是否能通过运动等方式改善，然后进行治疗，如果可以做到，那么或许就能够突破"腰痛"这个极限。这一点也取决于一个人心里的优先顺序。

再然后是"金钱"。我必须要挣多少钱？多少钱才够生活？——这些问题的答案会根据生活标准的不同而发生巨大变化。在你判断"我无法接受这么低的工资"之前，请先试着重新审视一下自己的生活，也许极限意外地不再是极限。这一点我会在后文中再讲述，我曾通过计算自己每个月需要多少生活费来明确我的"极限金额"，于是消除了不安，内心也变得十分轻松。可以说这也是了解自我极限的一种有效方法吧。

最后是"他人"。我们可能会受到来自他人的多种阻碍，比如丈夫不允许，父母不认可，还有孩子、上司、同事等人的态度……我觉得虽然根据人际关系的不同，我们可以加以改变，但实际执行却很难。因此我建议从一开始就定好"无法改变的极限"，你要清楚地明白自己不太可能改变他人。

在人际关系当中，有些事情可以靠自己改变来解决，因为自己是能够被改变的。因此，如果对方气馁、记仇、抱怨或者吵架，我们改变自己可能更简单。我觉得了解他人无法改变的极限以及自己可以改变的极限是良策。

怎么样，自我极限的轮廓是不是越来越清晰了？当你判断自己是否能做到一件事时，我建议先明确极限，然后再计算可能性，这样就能避免被迫接受超出自己负荷能力的工作。

"有计划地"浪费时间

很多人常常念叨"哎呀,来不及了,来不及了",但时间对每个人都是平等的,一天就只有24小时,这是无法改变的极限。不过呢,我们可以改变利用时间的方法。

面向职业女性的门户网站"日经×woman(女性)"日前举办了一场线上研讨会,与会者们分享了她们记录的一天24小时。我发现很多人都被工作和家务压得喘不过气来,比如下面的主人公亚希子。

毫无空闲的案例

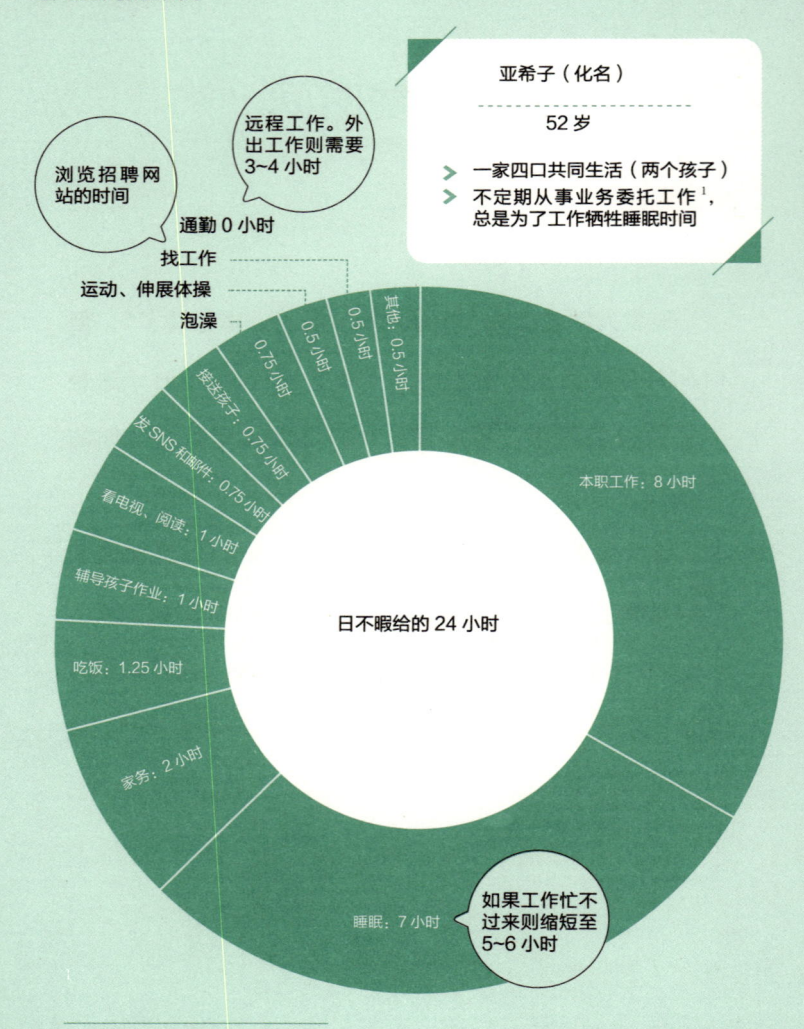

亚希子（化名）

52 岁

- 一家四口共同生活（两个孩子）
- 不定期从事业务委托工作[1]，总是为了工作牺牲睡眠时间

浏览招聘网站的时间

远程工作。外出工作则需要 3~4 小时

- 通勤 0 小时
- 找工作
- 运动、伸展体操
- 泡澡

其他：0.5 小时
0.5 小时
0.5 小时
0.75 小时
接送孩子：0.75 小时
发 SNS 和邮件：0.75 小时
看电视、阅读：1 小时
辅导孩子作业：1 小时
吃饭：1.25 小时
家务：2 小时
睡眠：7 小时
本职工作：8 小时

日不暇给的 24 小时

如果工作忙不过来则缩短至 5~6 小时

---

1 从企业接受工作委托并获得相应报酬，但与企业不存在直接雇佣关系。——译者注

请大家参照以下要点来准确判断自己的时间是否够用：

> **如何正确认识自己的 24 小时**
>
> ◆ **写下"实际情况"，而不是"理想状态"**
>
> ◆ **仔细计算**
>
> （例）泡澡 15 分钟 = 在浴缸泡 5 分钟 + 洗澡 5 分钟 + 吹干头发 5 分钟
>
> 吃饭 90 分钟 = 做饭 45 分钟 + 吃饭 30 分钟 + 收拾 15 分钟

如果你忙得压根儿没有空闲时间，不妨仔细想一想是否有能够放弃的时间，是否能减少一些不得不做的事情？如果思考过后还是觉得很困难，那我觉得也不必勉强，毕竟每个人的极限各不相同。但是，我希望大家能够减少那些没有计划然后无端浪费的时间。

辛西娅的 24 小时（日常）

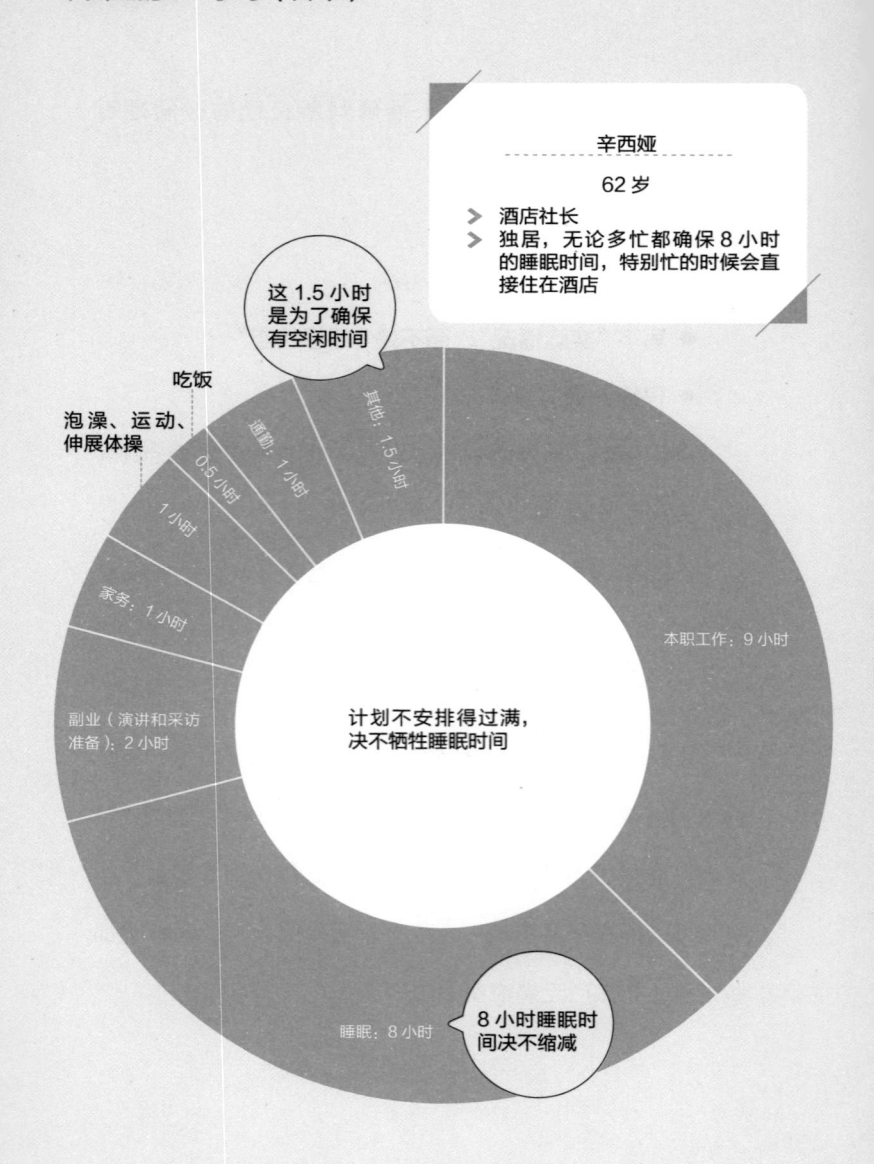

辛西娅
62 岁
> 酒店社长
> 独居，无论多忙都确保 8 小时的睡眠时间，特别忙的时候会直接住在酒店

这 1.5 小时是为了确保有空闲时间

吃饭
泡澡、运动、伸展体操

其他：1.5 小时
运动：1 小时
0.5 小时
1 小时
家务：1 小时
副业（演讲和采访准备）：2 小时

本职工作：9 小时

计划不安排得过满，决不牺牲睡眠时间

睡眠：8 小时

8 小时睡眠时间决不缩减

我呢，会提前给自己安排一段用来"浪费"的时间。具体来说就是我会把每个星期的星期天空出来，这一天不预先安排任何事情，完全属于自由时间。万一有突发事件，我也可以利用这一天来处理。通过设置这样的一天时间，就算我从星期一到星期六都安排得满满当当，也能在星期天得到休息，然后精神百倍地迎来新的星期一。

不过，我能这样做是因为我离了婚，也没有和孩子住在一起，一个人生活，所以没有什么阻碍，而育儿期间却有很多不得不做的事情。但我反而建议正忙于育儿或工作的朋友有计划地安排这么一段用来"浪费"的时间或者休闲时间，因为这一类人如果没有提前计划好时间，那就很容易无意识地埋头苦干。其实就算这段用来"浪费"的时间很短也无妨，比如30分钟也可以，但重要的是人要拥有这样的意识，即自己的时间由自己创造。我觉得这样细碎的事情就会令一整天的满足感得到提高。

如果太忙，
那就只做计划内的事情

即便如此，我依然发现很多人觉得时间不够用，然后超负荷做事。比如，我常常在一些活动和研讨会上碰到年轻女性，很明显她们每天都忙得焦头烂额而且做事毫无章法。

人在年轻的时候尤其会这样，总觉得自己还能做更多的事情，然后就承担很多任务，最后变得越来越忙碌，却因为想尽善尽美而导致自己不满意。因此，了解自己的极限所在非常重要。

那些毫无空闲、非常痛苦的朋友，我想给你们提个建议，那就是不要展望未来，也不要回顾过去，只专注于眼前。虽然你可能会牵挂那些未竟事宜，但没关系，你只是现在暂时做不了而已呀，人生百年，还有一辈子可以做呢。

所以，越忙的人越应该着眼于最低限度的事情，一旦你完成了眼前的任务，兴许你就可以满怀自信地去做下一件事。

我有一位相熟的女性朋友，她因一场灾害痛失丈夫和孩子。一家三口只剩下她一个人，当时我很担心她会不会因此而想不开自杀。于是我一直和她保持联络，比如约她外出吃饭，或者一起去哪里逛街，慢慢地我感觉到："啊，没事，她不会自杀的。"

我这位朋友从事翻译工作，她失去家人时正好在翻译一本书，而那本书的作者恰好是她非常喜欢的艺术家。所以，尽管她那时极度痛苦和悲伤，几乎无法专心做任何事情，但还是孜孜不倦地专注于翻译。因为她是专业的译者，必须在截止日前交稿。也就是说，她必须完成的工作拯救了她。虽然只是常规工作，却成了治疗她的药，完成

翻译后她也能从中获得成就感。

这就是我从她身上学会的道理。

我自己也曾面临各种境况，或忙得毫无空闲，或艰难，或痛苦，或不安，抑或走投无路……每当那时，我就告诉自己只专注于眼前应该做的事。

收银员工作
救我脱离抑郁苦海

我从2018年起任可口可乐日本公司的高级经理,负责与2020年东京奥运会和残奥会有关的招待业务。但是当万事俱备时,国际奥委会和东京奥组委却在2020年3月联合宣布东京奥运会和残奥会将延期举办。

这导致我失去了大部分业务,只能一直在家里待命。我预感自己迟早会失去这份工作。原本我打算在奥运会和残奥会结束后重返酒店业和旅游业,但这些行业也因为新冠肺炎疫情而遭到毁灭性打击。如果再这样下去,那么在我年满65岁能领退休金之前我将一直没有收入。

这样的情况导致我对未来充满了不安,感觉胸口闷闷的,非常不舒服,同时因为无法和任何人交流,我又感到无比孤独。那时的我就像被扔进了一个暗无天日的洞穴里，整个人都陷入抑郁。

我已经到达了极限，如果再这样一个人待下去，我会疯的，我必须出去工作！于是我抱着这样的想法，拼命地搜索兼职网站，甚至去了中介公司。在那里，我醒悟到，当时61岁的我能够立刻应聘的工作只有四种：警卫、护理、保育和零售。而在这四种当中，我能胜任的是什么呢？答案是零售。

于是我马上去了附近的超市应聘，那里正在招临时工。为了拯救自己，我开始做收银员。收银台要记的事情太多了，所以一开始工作很累。即便如此，专注于眼前的工作可以让我忘记痛苦。

而且，当我习惯这份工作并逐渐熟练时，我开始产生自信，嘿，即便是我这个年龄也可以学会新东西呀！

🟢 时间不够用并不是你的错

如果一个人家里有尚且年幼需要照顾的孩子，或者有需要护理的家人，那就会忙得不可开交，总是被时间追着跑，对吧？其实，时间不够用绝对不是你的错，可这类人却会非常自责，认为是自己没能很好地管理时间。

在这种情况下，请看一看你自己的极限，如果要活出自我，那你需要多少时间？现在你又缺少多少时间？经过比较你就会明白"因为时间不够，所以现在做不到"这个道理。没错，如果看到了极限，那你就会明确地知道自己为什么做不到，并接受这件事。或许这样你就不会白白自责或者降低自我肯定感。

由于有了孩子，我开始面对自己的极限，并且我非常庆幸自己当时这样做了。因为了解自己的极限有利于进行准确的判断以及做出自己能够接受的决定。

第 2 章

"价值观"决定自我优势

"62岁，单身"
——这是优势还是劣势？

诚如我在先前的章节所说，请大家了解自己的极限，认清现实，不要做不切实际的梦。或许有人会觉得很奇怪，为什么要知道自己做不到什么呢？以我的亲身经历来看，我觉得这是为了做出自己能接受的决定而必须要做的事情。

时间和年龄对所有人来说都是有限的。我们不能花费时间和精力去做那些几乎不可能做到的事情，而应该去挑战目前能做到的，成功后再去做其他事情。人生何其珍贵，为了活出自己的独特色彩，我们必须区分能做到的和做不到的事情，了解自己的极限所在。

了解自己的极限后就要学会正确区分自己的优势和劣

势。具体来说就是先分解自己的特征要素，然后在打算做某些事和挑战某些事的时候，再一一明确应该把哪些要素作为"优势"，哪些要素作为"劣势"。

让我们来举一个例子吧。譬如我本人，我现年62岁并且单身。首先，"62岁"这个年龄放在劳动市场上几乎就是"劣势"（事实如此），是难以工作的年龄极限。所以我必须通过其他某些"优势"来进行竞争。这一点不只适用于我，可以说几乎适用于所有人。

那么"单身"呢？我最开心的就是现在我不需要照顾任何人，可以尽情地做自己喜欢的工作。当然我也不能依赖任何人，一切事情都必须亲力亲为，但我享有相对的自由。我可以挑战任何我想做的事情，我的时间只花在我自己身上。现在的我是因为热爱工作所以想努力工作，所以"单身"就是我的"优势"。

但我想也有不少人并非如此。有些人正因为是单身，所以更想要脚踏实地地好好守护现在的生活吧。不过这种情况下，因为他们有"想要守护的东西"，所以"单身"也有可能会变成"劣势"。

区分优势和劣势有一个大前提，那就是你要明白这绝不是善恶问题，仅仅是价值观的不同，就像是在"报酬低、成功率不足50%，但自己很感兴趣的工作"和"虽然不是很开心，但能够利用自己的经验切实取得成果的稳定工作"两者中二选一一样。根据当下立场、情况和价值观的不同，我们选择的答案也会发生变化。

也就是说，同样是"单身"这一属性，根据价值观的不同，它既可以是优势，也可以是劣势。因此，在区分优势和劣势之前，我们必须先面对自己的价值观。

我将在本章中和大家分享各种案例，同时回顾价值观。

从思考偏好和优先顺序来思考自我价值观

　　回顾价值观这件事情其实很难。请你试着认真想一想,你觉得什么东西对你来说很重要?你在人生中想要珍视的又是什么?我估计平时很忙的人压根儿没有回顾价值观的机会吧?当突然被问"你的价值观是什么"时,很少有人能答得上来。

　　那么,如果我们要回顾价值观的话该怎么做?实际上,我们日常生活中的行为就包含了很重要的素材,即每当你做选择或者思考问题时,注意一下自己下意识地会把什么事情排在第一。每个人都有"思考方式的偏好"和"优先顺序的设置方法",这两者是很重要的线索。

　　因为大家都对价值观的概念比较模糊,接下来让我们从"人际关系"和"生活水平"这两条轴线出发来进行思考。

● 关于"人际关系"

你认为自己的父母重要吗？——对这个问题，应该有很多人会给出肯定的答案。但你有没有想过原因是什么呢？我希望大家的想法不仅仅停留在"这个嘛，因为父母就是父母啊……"，而是更深层地去想一想自己为什么给出这个答案，以及自己采用了怎样的思考方式，然后再进行梳理。

比如，如果住在乡下的父母需要护理，那你就要考虑很多事情。你会辞职去照顾他们吗？还是选择两头跑？孩子和你自己的小家庭怎么办？辞职的话怎么找新工作呢？不辞职的话又需要做什么准备？你自己的晚年生活怎么办？

如果单纯地认为"因为是父母所以很重要",那么我想这类人大概对其他事情的优先顺序也非常模糊,比如"孩子也重要""工作也重要"——而且这样的人不在少数。但是人如果处于这样的状态,那么一旦被迫做出决定时就无法当机立断。所以我们必须要进行练习,首先设想问题,比如,自己有没有想过现在应该以什么为先?要解决什么问题,情况才会有所改善?自己能够接受这种状况吗?然后把问题列表并进行模拟,最后自行决定优先顺序。

工作比孩子更重要？
只要能接受那就行

　　实际上，"孩子很重要"这个想法也因人而异。像我，我做不到育儿和工作两手抓，于是选择了专心育儿，因为对我来说孩子是第一顺位。我还决定陪同丈夫驻外，做出这个选择也是基于我了解自己的极限所在。与此同时也存在另一种女性，即便她们和我一样把孩子看得最重要，但依然在继续工作，不过她们会选择劳动时间比较短的工作，通过这样的平衡方式来坚持育儿。此外，也有人把在事业上做出成绩、出人头地作为第一要务。

　　这也和善恶无关。"工作第一，想把育儿交给信得过的人"这种价值观并没有问题，重要的是自己首先要有这样的觉悟，然后为之付出最大的努力，认真做好安全育儿的准备，然后再全力投入工作。听了这类女性的故事，我觉得虽然和我本人的立场及价值观都不相同，但我仍然与她们十分有共鸣。或许她们会被周围人责备"居然优先工作，真不是个好妈妈"，但我觉得如果自己能接受以工作为先的想法，那就没必要抱有负罪感。

新冠肺炎疫情后,朋友在我心里的优先顺序上升!

优先顺序在时间的流逝中会发生改变。在新冠肺炎疫情暴发之前,我内心的优先顺序是工作第一,朋友第二。即便关系很好的朋友发来邀约,我也总是以工作为先。有时我忙于工作,甚至没接到电话也不会再打回去,因为我觉得他们是我的朋友,应该会理解我的。

或许对方会觉得我很薄情吧,而即便如此也能继续和我做朋友的人,可能是因为他们真的把我当作很重要的朋友。

我 61 岁时因为新冠肺炎疫情而失业,并由于对未来感到极度不安而饱受折磨,不知道今后该怎么办,情绪陷入了抑郁。我向朋友们发出了求救信号——"请帮帮我",

于是他们陪我聊天，和我一同外出，给予了我莫大鼓励，我真的非常感谢他们！从那个瞬间起，我心里对未来人生中朋友的优先顺序发生了变化。

前几日是星期天，我本打算处理一下堆积起来的工作，但朋友邀请我外出，"天气这么好，我们去公园玩吧"（说实话，我想继续处理工作），我答应了。这趟外出令我觉得很高兴，也得到了放松。就这样，我既回应了朋友的热情，又度过了一个充实的星期天。我真庆幸自己去了！如果是以前的我，很难想象我会做出这种选择，但人的价值观会根据情况的不同而发生改变，我在那个瞬间切实地感受到了这一点，今后我也想继续接受这种变化。

● 关于生活水平和金钱

接下来让我们以"生活水平和金钱"为坐标轴来展开思考。

大家每天会花多少钱吃午饭？我今天的午餐是公司附近一家定食店的照烧鲫鱼套餐，打包的价格是780日元整。我非常喜欢吃这款套餐，所以很开心。不过人各有异，也有人喜欢花2000日元点某店的沙拉和某店的意大利面外卖，还有人喜欢去美食博客推荐的餐厅吃，大家的喜好不尽相同。

晚饭呢，因为我没时间自己做，所以几乎都在外面解决，一般会选择快餐连锁店大户屋或者惠比寿的土锅炊饭Nakayoshi。以前我每天固定会跑两趟星巴克买咖啡喝，但自从新冠肺炎疫情导致失业以后，我便改成了去便利店喝咖啡。毫无疑问，两者相较当然是星巴克的咖啡味道更加醇厚，可我在星巴克的日均消费为1000日元，以我如今的生活水平显然付不起。所以我接受了这个事实，开开心心地改喝便利店的咖啡。

至于衣服，我除了贴身衣物等消耗品，几乎不买其他衣服。前几天，我时隔两年外出购物，买了两条优衣库和希尔瑞联名的连衣裙，花费 3990 日元。我非常喜欢，几乎每天都穿。

消费方式可以体现出一个人的生活水平，亦可以从中窥见这个人的价值观。其实仔细想想，我这个人并不怎么讲究衣食。通过回顾自己在日常生活中的思考方式和习惯，然后认识到自己对金钱的价值观，我觉得仅仅这一点就加深了我对个人价值观的了解。

什么事情会令你感到幸福？又是什么事情会令你觉得满足？这就是一条了解个人价值观的轴线。

比如我，我一直住在房龄二十年的公寓中，即便我明天买彩票中了 1 亿日元，我也不会搬去高级塔楼，因为我对现在的公寓感到非常满足。那如果我突然得到一笔巨款，我会不会把现在的包包换成名牌包呢？答案也是不会，因为我对包包不感兴趣。

以前曾有人问我："如果你得到了 1 亿日元，你会怎么用？"那时我只想到了"当我去美国看女儿时，我要坐商务舱而不是经济舱"之类的，但并没有想出什么具体的使用方式。即便我把这笔巨款花在自己身上也不会觉得特别幸福，我想这或许是因为我在为了别人活着。

也就是说，金钱对我而言并没有多大价值。诚然，如果存款为零，那会对未来感到很不安（这一点我们之后再细说），但只要手里的钱能够让自己过上可以接受的最低限度的生活，那就足够了。因为我非常了解自己的这种价值观，所以我跳槽时从不把薪酬作为首要条件。

一个人了解自己的价值观，即知道对自己来说最重要的是什么，将会是影响这个人做出决定的关键性因素。

自己的生活水平是否与收入相当？

我之前以自己为例，但我本人的物欲很低，曾有人在研讨会上向我咨询："我的物欲过高，但生活水平又跟不上，好烦啊。"是啊，这类人的购物支出总是容易超过收入，一定非常困扰吧。

那应该如何是好呢？我给大家两个建议，不过哪个选择更好由你自己决定。

1. 增加收入

2. 降低生活水平

先来看看"增加收入"。首先，你需要判断这个方法是否可行，评估自己是否有能力在如今的劳动市场上增加自己的收入，即是否有公司愿意以更好的待遇聘用你。

如果你有能力，那就跳槽去认可你能力的公司，然后你就可以继续秉持现有的价值观生活。反之，如果实现第一种的可能性很低，那就选择"降低生活水平"。

即便你渴望年收入 1000 万日元的生活，但如果自己的能力不足以获得这个薪资，那这话题也就没法儿聊了。所以如果找不到能付给你这个薪资的公司，那你就只能选择降低生活水平。

瞧，经过理性的分析以后，你能做到和做不到的事情是不是就一目了然了？我觉得这样做既能纠正与自身不符的价值观，也有利于调整生活水平。

我就是这么做的，先理性地分析自己，然后清楚地了解自我价值观，之后心情就会十分舒畅，做大小决定时也会分外轻松。希望大家也试着以"人际关系""生活水平和金钱"为轴，好好认清自己的价值观。

了解"劣势"比了解"优势"更有效

回顾完价值观，我们接着进入下一阶段，即了解自己的"优势"和"劣势"。很多人都想知道自己的优势是什么，但我建议大家应该更加关注劣势。理由嘛，和了解自己的"极限"一样。有很多人倡导大家去做自己擅长和喜欢的事情，但其实人很难做到面面俱到。所以呢，虽然我的想法听起来很现实也很冷淡，但我还是想告诉大家，我认为比起优势，了解自己的劣势更有利于打造能接受的人生，而且会更有意义。

如果一个人能了解自己的劣势和极限，明白无法做到事事周全，那他就能认真地思考自己眼下应该专注于什么事情。虽然存在个体差异，但每个人拥有的时间和资源都是有限的。因此，为了更好地利用珍贵的资源，我们必须了解自己的劣势和极限。

我在研讨会和活动上见过诸多女性朋友，她们普遍觉得时间不够用，成日埋头于琐事，日程非常满。但我认为，如果一个人能够了解自己的劣势和极限，那就能避免明显的超负荷工作。

如前文所述，我现在的劣势是"年龄"，实际年龄62岁是一个我无法改变的极限。放眼整个劳动市场，年龄越大越难找工作。而且因为工作岗位整体减少，所以当我来到劳动市场时，62岁这个年龄变成了一个更大的劣势。

我拼命地找工作，每天都浏览招聘信息，甚至去了中介公司，而在一系列的求职过程中，我也亲身感受到了这个劣势带来的影响。我听到中介公司的职员叹着气低声嘀咕："60岁啊……"即便从客观角度来看，我这个年龄也是劣势。但我是在了解这一点的基础上才找工作的。今后，我也会带着我的劣势寻找自己能做的工作。

随着人生阶段的变化，"劣势"越来越多

那么，你的劣势是什么呢？有家庭？有小孩？有父母需要护理？也许有人认为自己"为了家人而努力"是一种优势。但事实是，你必须守护的那个事物本身夺去了你的自由，增加了你的负担。我自己也深有体会，所以我很了解。

也就是说，有时候随着人生阶段的变化，劣势会越来越多。人如果有了想要守护的东西，那也有可能变成劣势。比如结婚了就想守护幸福，有了孩子后这种想法就变得更强烈。三四十岁的人上有老下有小，换句话说，就是处在一个尴尬的阶段，在这个阶段你无法自由地去做自己想做的事情，也无法自由行动。反之，大多数情况下单身又年轻就是优势。

当人处在有所牵挂的阶段时，选择走一条更保险的路也是一种思考方式。不必勉强自己去做超过极限的事情。因为你当下面临的状况并不会一直持续，终有一天，你会从现在这个劣势状态中解脱。

60多岁的我不再有要守护的东西，我可以按照自己喜欢的方式活着。没有人对我有所期待，也没有人依赖我，我只要面对自己即可，所以我非常自由。

我觉得，当你存在劣势时你就这样想，解脱的日子总会到来！即便你现在忙于育儿，又有家人需要护理，无法去做自己想做的事情，但不久后你就可以尽情去做了呀。请你期待着那样的日子，然后暂时专注于眼下该做的事情。

总之呢，人生很长，无论自由的日子什么时候来临，你都可以重新出发。即便没赶上首发班车，即便坐不了特快列车，你也可以在某个时候换乘电车，换乘多少趟都可以。我觉得人只要能够掌握自己的劣势，就可以在某个时间点亲手抓住拓宽人生的机会。

往事犹可忆，
不受往事扰

　　我现在是一家酒店的社长。我在招聘员工时非常注重聘用的多样性。因为我希望能够挣脱性别和经验的束缚，让大家公平竞争，同时为家庭主妇等女性群体提供更多的就业机会。

　　很多人对我的想法表示赞同并前来应聘，但其中也不乏有些人丢不掉过去的成绩。例如，某位女性称自己从事过高端品牌的宣传工作，因此具备优秀的行动力，做事非常麻利，但她又表示："我没用过SNS（社交网络服务），这对我来说很困难。"通过SNS发布信息的做法在如今的宣传模式中可谓不可或缺，但这名女性的思想观念却依然停留在二十多年之前，且毫无更新的打算。又如，某位男性提出:"我以前是管理人员,所以我想利用管理岗经验,继续从事管理方面的工作。"但实际上,他既不会使用酒店管理相关的电脑软件,也不会说英语,看上去更不想从零开始学习。

其实,仅凭"高端品牌的宣传经验"或者"管理岗经验"并不能成为应聘者的优势。即便从事和过去一样的工作,工作内容也会随着时代的发展而改变,就算是同一种职业,只要工作场合发生变化,那就要做好一切从零开始的准备。这一点对无论处在什么年纪、拥有多少经验的人来说都至关重要。

人们通常会参照过去的经验来划分自己的优势与劣势,这时我们需要做的是学会从过往中汲取经验,而不是被过往所左右。我自己亦始终以此为原则,做到"前事不忘,后事之师"。

经验是累赘还是地基？

我曾做过十七年的家庭主妇，后来受邀去我女儿曼谷母校的自助餐厅工作，主要负责和孩子们聊聊天以及为他们供应餐食，于是那里成了我重返职场的起点。

其实我生孩子前一直在广告公司工作，如果我当时一心想着要继续做与广告相关的工作，那可能我现在也没法儿和大家分享我的经验了。

我生完孩子后虽然整天忙着育儿，但也一直坚持看报和浏览新闻网站等，努力不耽于安逸，不变成"社会的浦岛太郎"[1]。可即便如此，我到底是经历了将近二十

---

[1] 浦岛太郎是日本家喻户晓的神话故事中的人物。渔夫浦岛太郎在海边救了一只被孩子欺负的海龟，后来受海龟之邀去龙宫游玩，返回时被赠予一个盒子，并被叮嘱不要打开，可浦岛太郎回到陆地后却发现世上已过数百年，打开盒子后就变成了老头。不变成"社会的浦岛太郎"意为不与社会脱节。——译者注

年的职场空白期,在这期间社会已然发生了翻天覆地的变化。因此我觉得我要有自知之明,知道自己在市场上价值几何。不过这也侧面反映出我当时十分没有自信。

所以当我重返职场时,因为难得有人给予机会,我就接受了这份工作——虽然这肯定不是我原本想做的工作,但我认为应该先努力试试看。

三个月后我成功升职,负责管理三家自助餐厅并参与产品制作,并在三年内将餐厅打造成了街区的明星店铺。

但当我52岁回到日本重新开始找工作时,我投递的简历却全都石沉大海。我对此非常不甘心。我会说英语,在曼谷也小有成绩,却没有获得任何一家公司的青睐。然而就算我不甘心也没有办法,我只能认清并接受现实——"原来52岁的我市场价值如此之低"。后来我想方设法找到了一份富豪会员俱乐部的电话客服工作,时薪1300日元,这份工作成了我在日本回归社会的第一步。

如前文所述，我 61 岁时因为全球暴发新冠肺炎疫情而失业。于是我和之前一样，先对自己进行分析："现在的我能在社会中得到一份怎样的工作呢？"然后我去应聘了唯一一个我觉得自己能够胜任的职位——超市的收银员，结果被录用了。

无论在什么情况下，人都不能抓住过去的成绩不放，不将过去积累的经验当成负担、累赘，只有这样，人生才能顺利继续。我们固然会有后悔的时候，但是当你回顾过去，然后以崭新的自己重新出发时，你就能迈向新的人生。

另一方面，我在可口可乐日本公司担任高级经理，负责与 2020 年东京奥运会和残奥会有关的招待业务时，学到了一件事情，那就是"以史为基，助推未来"。

当时我的主要工作是选择并订购大量的比赛门票，这些门票主要面向公司出售，他们会赠送给客户或者用于消费者宣传等。说实话，我本身对体育运动并没有什么兴趣，但我从零开始学习比赛流程，仔细地研究活跃的日本选手，并且精心挑选，小心地避开所有可能会导致观众中暑的场次，以维护品牌形象。

当时业界中流传着一个话题——"为什么可口可乐日本公司的新手阿姨拿到了所有的最佳门票？"虽然我并没有协办奥运会和残奥会相关工作的经验，但我做过销售，所以具备一定的研究能力，同时又知道如何降低风险——这些都是我在其他行业练就的随身技能。于是，过去的经验成为推动我未来发展的基础。

虽然最后我因为奥运会和残奥会延期而离职，但我积累了将门票售罄的经验，并且从内部了解了全球化企业如何在短时间内发展。这些经验都异常珍贵，直到现在我依然在运用，并且我相信，它们在我今后的工作中也一定会有所作用。

所以呢，无论你是要找新工作还是要面临某个新挑战，请记住，不要把过去的经验作为负担、累赘，而要让它们成为助推你未来发展的基础。那么你既能有所成长，也能收获经验。

把爱好当成事业才是对的？
不，没有爱好也没关系！

我们经常会听到"把喜欢的事情当成职业吧"这句话，对吧？但你可以试试，这真的对每个人来说都是好事吗？

其实我之前接受学校自助餐厅经理的那份工作，并不是因为喜欢才想去做，说得极端一点就是除了那份工作我无事可做。我身边的大多数人都没能把喜欢的事情作为职业。可即便如此，继续做现有工作时感受到个中乐趣，或者产生了做这份工作的价值，然后喜欢上了这份工作——这样的例子是不是也很多呢？

可问题是，很多人压根儿没有喜欢的事情吧？即便建议他们"把喜欢的事情当成职业"，可如果没有喜欢的事情，又拿什么作为职业呢？有些人反复被建议后产生了自卑感。但我不会这样，就算一个人没有喜欢的事情，我也不会觉得这个人就什么事情都干不好，人嘛，只要找到自己当下能做到的事情就行了。

事实上我本人也属于这一类群体，没有任何喜欢的事情。

很久以前我参加过一场指导讲习会，正是这次讲习会让我意识到了这一点。当时的会议主旨是寻找活着的意义，指导老师让大家写下"你喜欢什么？""为什么你能赚钱？""你能做到的事情""身处社会你必须做的事情"。但是对"你喜欢什么？"这个问题，我无论如何都写不出来，真的一件喜欢的事情都想不起来啊！我很喜欢我的女儿，可我现在已经结束了育儿阶段，所以也没必要再写。

于是我问指导老师："明明有很多人并没有喜欢的事情啊，为什么非得寻找喜欢的事情呢？"指导老师答道："如果没有喜欢的事情，就找不到活着的意义。"我对此感到非常震惊，我说："我不需要什么活着的意义。"然后离开了讲习会（笑）。

当听到工作伙伴评价我"您这是找到了喜欢的事情呀""您把酒店管理当成毕生事业"时，我内心也倍感排斥。不，不是的，我并不喜欢酒店管理，而是我只能从事酒店管理。我只是做了眼前的事情，仅此而已。我觉得"找到了喜欢的事情就能变得幸福"这个想法本身就是不合理的。

如果你知道自己的爱好是什么并想要以此为生计的话，那我觉得追求"爱好"更好。但有些人比起"爱好"更看重"赚钱"，那么对这些人来说，选择讨厌但能赚钱的工作可能会比选择喜欢的工作更幸福。

我也不太认同"爱好生巧匠"这句话。喜欢的事情不管怎样都会想去做，所以自然会变得擅长，那是因为毫无挑战呀！而致力于做那些不擅长和讨厌的事情，或者去尝试一件新的事情才是挑战。例如，如果我完成了讨厌的和不擅长的事情，那我就会非常有自信，因为我会觉得我克服了自己的"劣势"。

来,让我们再回到"优势"和"劣势"这个话题。

我自认为是一个生来就很现实的人,比起"优势""爱好""擅长""可能性",我会更加关注"劣势"和"极限"。但是,如果一个人希望自己的人生由自己做主,那就不能做白日梦。我认为,如果不重视现实,那就无法做自己人生的主人。

用"劣势"创造"优势"

我在前文中说过我最大的劣势是"年龄"。

第二大劣势则是"日语能力相对欠缺"。因为我是20岁到日本留学之后才拼命学会了日语的,所以和土生土长的日本人不太一样。虽然日常对话和读写完全没有问题,但面对纯文字的合同就有点束手无策了。

还有一点,虽然我曾经在外资的日本法人任职,但我并没有所谓日企的工作经历。

这三点可以说是我的主要劣势。

而我成功踏入日本职场代表着我克服了这些劣势。

我对英语运用自如,日语则用得勉勉强强。这种语言水平在英语圈会被埋没,很难实现价值。但是在日本,很多时候就算日语一般,只要英语非常流畅就会变成一种优势。所以我能在日本发挥我的能力。而且,当我在外资企业工作而不是日企时,"缺乏日企工作经验"这个劣势就不再是问题,我也可以在这里施展我的才华。

如我这般,人有时候可以通过关注劣势来找到优势。一旦业界、环境、视角发生改变,那么优势有可能变成劣势,劣势也有可能变成优势。我们只要冷静客观地分析自己就能获益匪浅。

"我的决定" ①

读者实践

以下是《日经 ×woman》读者朋友们的现身说法,她们有些看过辛西娅女士的采访,有些在研讨会上听过辛西娅女士的课,这些都是她们效仿辛西娅女士做决定的亲身体会。她们当中,有人知道自己的极限,有人对自己的决定充满自信。

我现在以育儿为先挺好的

● 我仔细回顾了自己24小时的实际状态后发现,从物理角度来看,我的时间根本不够用,做不了我想做的事情。某种精神论倡导人们凭意志去完成想做的事情和必须做的事情,号召"用意志去克服吧!",但这是不对的,其实只要我们冷静客观地去分析问题,就会知道自己该如何进行判断。我现在一边做短时勤务工作一边育儿,看着周围的职场妈妈纷纷转向全日制工作,我也曾有所迷茫。但是面对自己的极限,我重新确认了自己的想法,我更希望把育儿放在第一顺位。现在,我想继续做我能做的事情。

(42岁,市场营销,正式员工)

我认为那些经验
并不是白费功夫

● 辛西娅女士以前在研讨会上说过,"部分女性因为身为驻外工作人员的妻子而无法外出工作,并因此感到非常焦虑,实际上这是因为她们没有意识到自己拥有'人生中很重要的珍宝'(在新环境下专注育儿的价值)",我从辛西娅女士的演讲中获得了勇气。我也曾经陪同丈夫驻外,在国外要面临各种问题,那段日子丈夫出差不在家,我独自抚养着两个学龄前的孩子(后来是三个),都神经衰弱了。这样的日子我过了五年,但这五年并不是毫无意义的,那是我自己选择的道路。我以那段经历为骄傲,并满怀自信地为新的工作而不懈努力。

(35岁,会计师事务所,正式员工)

定好期限，
然后将决定的过程付诸实践

● 我现在正在休育儿假,同时考虑很多问题,比如什么时候把孩子送到保育园,复职怎么办。于是我把优势和劣势都写下来,然后给自己暂定了一个月的考虑期限。我希望能在工作上有所成长,但成长也存在极限。我尚在寻找解决的方式方法,不过迄今为止还没有采取任何行动。我想重新审视自己的极限,然后决定挑战的方向。

（41岁，公务员，正式员工）

花两周时间
面对自己的24小时

● 我花了两周时间详细地记录了我的一天。除了工作,还有家务、育儿、提升自我技能以及什么都不干的时间等等,我全都写了下来。详细地记录什么事情花了多少时间可以帮助我重新了解实际情况。具体的数字会更加清晰,不会模糊,这样就能让我直面现实,同时看到哪里还可以改善,这是一段很好的经历。

（40岁，服务业，自由职业者）

自己做决定，心情更舒畅

● 我在外资金融机构担任管理人员，每天面对着外资企业特有的玻璃天花板，面前还横跨着年龄的鸿沟，我一直在艰苦奋斗，但一切都令我觉得前路渺茫。听了辛西娅女士的故事后，我意识到自己不自觉地在自我设限。"没有范本""没有先例"，这些理由并不能成为不采取行动的借口，无论什么时候、什么情况，只要自己能做好决定，心情就会变得很舒畅。辛西娅女士对待工作的专业态度也令我备受刺激。我一直在问自己，我有没有全力以赴？有没有习惯和妥协？尤其对在团队中工作的人来说，如何对待工作因人而异。我学会了不要和别人比较，认真地思考自己到底想怎么生活。

（56岁，金融业，管理岗）

第 3 章

选择、放弃和决定

手握选项却难以抉择？
那它们只能是垃圾！

人通过思考、决定和实践就能紧紧握住自己命运的缰绳。

第一步就是我在前文中教给大家的，人要学会面对自己，了解自我价值观，接受自我极限以及分清自己的优劣势。

在第 3 章中，我将和大家聊一聊如何缩小可选选项的范围并做出最终选择。

在此之前，我们先来做一件事，即客观地看待自我。先前我们秉持的都是主观性视角，比如窥探自己的内心，而客观看待自我就是把自己放在一个大圆的中心，然后从外部视角来审视，这样我们就可以观察自己本身以及所处的环境——我本人也常常在脑海中构想这个场景。

好了，接下来问问自己，你现在想试着做些什么？万事皆可哟。比如，你目前正处在育儿阶段，然后想要跳槽，那就思考一下自己为什么会产生这种想法：是想增加收入为孩子攒学费？还是想做更能发挥自我能力及水平的工作？或是想去制度相对完善的公司方便边工作边照顾孩子？

如果你能成功跳槽到同时满足以上三点的公司，那自然是万事大吉，但这种公司的应聘者应该不在少数，并不是你想进就能进的。事实上，能实现这种愿望的人凤毛麟角。

那么，当难以同时满足所有条件时，请你从现实角度出发，思考哪一个选项对自己来说更重要。

- A 公司：薪资更高
- B 公司：能发挥自我能力及水平
- C 公司：氛围宽松、方便育儿

其实，实际选项并不会这么简单，多数情况下我们只能选择其一。假如你认为增加收入最重要，就应该干净利落地放弃 B 和 C，选择 A 公司。学会放弃，我觉得这一点非常重要。

放弃其他选项意味着你不必做无用功，也不会沉溺于做梦，这就是缩小选项范围的好处。对你来说，所有舍弃的选项都只是垃圾，一直纠结不放，它们只会变成沉重的累赘。一旦做好决定，那就痛痛快快地放弃，仅此而已。

但实际上，人有时候会想如果自己做了不同的选择会怎样，于是反复纠结，这样多浪费时间呀！积极思考可能性是件好事，但如果真的想实现某个想法，或者希望有所改变，我觉得还是应该慎重地从现实角度出发，思考哪些选项是可行的，而不是沉溺于做梦和幻想。

如何放弃选项？

所谓选择，也意味着放弃。我认为要选择某个选项，就必须对所有选项进行判断，然后放弃除这个选项以外的其他选项。可也有很多人会觉得"但是，没法儿那么轻易地就放弃呀""能做到的话会很轻松，但……"。

那么，我们应该放弃什么，又应该按照怎样的顺序放弃呢？我的个人想法如下：

首先，请大家联想一下路标。通往未来的路并不是一条直线，我们会在半路碰到十字路口、三岔路口或双岔道。但我们只能选择其中一条路，所以每次都必须有所放弃，而要放弃的就是那些对照自我极限后发现并不现实的选项。

让我们再次以"跳槽"为例来进行思考。

比如"在宇宙工作"。尽管在当下的时代，这个选项对任何人来说都存在着可能性，但也几乎是不现实的，所以我们要放弃它——做出这个判断不难吧？

那么"在海外工作"呢？如果你只会说日语，虽然不是完全没可能实现目标，但也几乎接近极限。所以请试着认真分析极限，然后从客观角度来看待情况。

问问自己，你能否只用日语来做海外的工作？公司有没有可能会在众多应聘者中选择不会说外语的你？当然，如果你从现在开始拼命学习当地的语言，那这个极限也是有可能突破的，这取决于你自己。

或者，如果你一直希望能够从事发挥英语特长的海外工作，而现在的公司不可能实现，那么英语圈国家的公司就会成为你跳槽的有利选项之一。不过假如工作地是法语圈国家或中国，工作语言也是法语或中文的话，那么对想发挥英语特长的你来说，这些就是无效选项。

所以，我们要像这样冷静地分析每一个条件，然后区分出无效选项。

收集信息：
为做出能接受的决定奠定基础

在缩小选项范围之前，收集信息是一个行之有效的方法。如果你无法抉择，那有很大概率是因为信息不足。因此，为了能自信地做出决定及采取行动，我们必须掌握足够的信息。

人常常会对着选项犯愁，A和B应该选哪个？比如有跳槽意向的A公司和B公司，写完的A企划和B企划，孩子准备报考的A学校和B学校，相亲App（应用程序）上认识的A和B，无论哪个选项都差点意思。无论一个人处在什么年纪或立场，面临多么重要的情况，都会经常碰到这样的难题。

虽然我们也可以闭眼叹气强行选一个，但因为缺乏选择的依据，所以没有坚信且认同的感觉，之后就有可能会后悔，觉得要是选另一个就好了。

所以，我们为什么不把为选择而烦恼的时间用来收集信息呢？你收集到的信息会让你更坚信自己的决定。或许你会找到选择的依据，也有可能毫无发现，如果找不到依据，那就全部放弃，然后去寻找第三个选项 C 即可。

烦恼是在同一个地方来回打转，思考则是向前方迈进。大家都希望收集更多信息，收获更多想法，而不是原地踏步吧？

● 两种辛西娅式选择信息源的方法

那么，我们应该如何收集信息呢？我把信息源大致分为两类：

1. 利用日常信息奠定自我基础的信息源
2. 为了特定目的获取必要信息的信息源

第一种"奠定自我基础的信息源"指的是用于社会生存的基本信息。例如电视新闻，我会选择以下三种：一是公共广播电视台NHK（日本广播协会）的新闻；二是民营电视台的新闻节目，了解社会的看法；三是东京电视台的经济新闻，了解如何从经济视角看待问题。海外方面的信息呢，我会选择通过观看BBC（英国广播公司）的节目及阅读《纽约时报》《华尔街日报》和《金融时报》来获取。而与我目前工作相关的旅游业的信息源，日本国内有旅游行业新闻网"Travelvoice"，海外有旅游行业热点新闻网"Skift"。

不过这些终归只是我的个例，重要的是选择自己信赖的媒体，然后抛开个人兴趣和关注点，从多方面获取均衡的信息。人很容易无意识地只满足于获取自己感兴趣的信息，但如果经常有意识地去接触广泛的信息，就能锻炼自己从客观角度来看待自身和所处的环境。

第二种"为了特定目的的必要信息"指的是当希望实

现某件事或采取某种行动时直接有效的信息。

为了让大家更好地理解，我们来具体地讲一讲。

● 即便不想跳槽，也多浏览招聘信息

虽然我现在毫无跳槽的想法，但还是会经常浏览招聘信息，因为我想知道当今社会需要怎样的人才，也想确认社会是否需要我。我浏览招聘信息并不是为了跳槽，而是因为这是了解目前自我市场价值所必需的信息源。

如果我辞去现在的工作，在旅游业寻找新公司，那我需要什么信息呢？

首先要查阅旅游业的招聘信息。不过并不是浏览个别招聘信息，然后就立刻觉得："难道没有能发挥我技能和经验的地方吗？"在查阅招聘信息之前，应该先拓宽自己的视角，观察最近什么样的企业比较厉害，并掌握业界的最新动态，反过来想想什么企业停滞不前，这有利于认

识最新的业界版图。此外，再确认什么工作缺人才，什么工作人才已经饱和，以及社会需要怎样的技能和人才，等等。

在此基础上，再去对照自己现有的技能和经验，看看是否符合社会需求。如果不符，那么很遗憾，你现有的技能和经验就不是优势，也无法成为帮助你跳槽的有力武器。

接下来，我们要去关注意向公司的招聘信息。就像前文中我所说的"把自己放在一个大圆的中心，然后从外部视角来审视，这样我们就可以观察自己本身以及所处的环境"。把自己放在就业市场这个大圆的中心，然后从外部视角客观地进行观察。当你决定或开始做某件事时，这是非常有用的视角。

但信息通常很难收集，如果你不去外部寻找，就无法获得。

很多人跳槽和找工作时都会去招聘网站注册账号，但我觉得仅仅注册并没有什么意义。因为不面试就得不到详细的信息，而和招聘公司面谈则能意外地收获很多新信息。

我经常和数位猎头保持联系并交换信息。这个"数位"是重点哟。当你要做某项重要的决定时，如果能用来判断的依据仅仅来源于某某招聘方的某某，这可不行！这样会令人非常不安。

除了跳槽，我们在日常生活中还需要做各种大小决定，为了能放心地进行判断，我建议大家拓宽可信赖信息源的范围。

信息收集就是"连点成线"

我觉得收集信息时有一点很重要,那就是把各种信息串联起来。

就像"Connecting the dots(连点成线)"这句话所说,呈点状分散的信息虽然个体意义不大,但一旦通过某种介质串联起来就会产生新作用。你有没有觉得,过去的经验会在出乎意料的情况下发挥作用,让人不禁感到人生的每一件事都有它的用途。这正是"连点成线"。

我收集信息的经验就是事先收集很多"点",当决定或者思考某件事时,再将某个点和其他点连接起来,这样就能找到解决的方法。

如果平时收集了很多信息,那么大脑中就已经积累了能用作判断依据的信息,后续思考某件事时把分散的点通过思考串联起来即可。所谓思考，或许就是把本无关系的过去的经验、信息和数据串联起来，然后创造出一个有意义的新事物。

因此，我建议大家增加"点"的数量，并且尽可能地收集那些强烈、浓郁和庞大的"点"。为此我们只能实践，因为采取实际行动非常重要。

我一个人住，如果我想放音乐、想听新闻、想在网上查天气和换美元等都可以问家里的智能音箱"Alexa"。至于我家为什么会有Alexa……有一天，我和一位30多岁的熟人聊天时，他说："我已经不看电视了，因为终端上就能看新闻啊。"然后我问他："什么是终端？"他答道："就像Alexa那样的。"后来刚好碰上亚马逊一年一度的"亚马逊会员日"大促，我知道很多人会趁着这一天大采购，虽然我平时不怎么在亚马逊消费，不过我想着或许有什么东西会打折就打开了网站，然后发现了Alexa，于是就买来玩玩。

喏，将各种碎片信息即小小的"点"连接起来，就能促使人采取行动，相信大家在日常生活中也常常有这种经历吧？

如果迷茫就写下
选项贴到冰箱上

如果你在判断时感到迷茫，或者很难做出决定，那就在纸上写下所有选项。

人一旦迷茫就容易在同一个地方反复打转，这也不行，那也不对，从而无法前进。如果做不了决定，那么内心不想放弃的想法可能会令你继续在原地兜圈子。为了杜绝这种现象以及厘清大脑的想法，我们可以把想法写到纸上，包括各种选项的优势、劣势，全都写下来的话会更好地帮助你理解自我。

写下来以后，试着把它们贴在家里显眼的地方，比如冰箱上，一有机会就可以回顾。如果有追加事项就再修改，一旦发现"这个选项不行"，就画线删除。

这样做能帮助你在犹豫和迷茫中看清自己的思考模式——我在执着什么？我为什么做不出选择？白纸黑字写下来更有利于客观地审视自己。

道理都懂，却做不了决定怎么办？

我本人在迷茫时也经常会采用上述方法，这种做决定的过程在育儿中亦起到了很大作用。作为父母，我也把这个道理教给了我女儿。

不过话虽如此，让孩子自主思考、判断和做决定绝对不是易事。而且，只要他们没有直接面对应该解决的难题，那他们就无法获得经验。

我女儿 11 岁时遇到了交友的难题。那时因为我丈夫前往维也纳任职，所以我们全家都搬到了那里，女儿也转入了维也纳的学校。作为转校生，进入一个人际关系已经成熟的班级，她心里很没底。不仅如此，刚刚转过去就碰上修学旅行，可她还没有交到朋友，所以并不愿意去。

我很理解她的心情，因为她没有朋友能一起住，也没有人能在巴士上和她结伴而坐。于是我告诉女儿："如果你不想去的话，妈妈可以跟老师谎称你生病了或者突然有急事，咱们不去也行。但是如果你去的话有可能会交到朋友哟，你好好想一想，然后自己决定吧。"女儿看上去很纠结，我告诉她试着整理自己的想法，接着拿出纸让她写下"不想去的原因"和"想去的原因"。

起初，她写了成排的"不想去的原因"，而"想去的原因"却几乎没有。她觉得这是学校的集体活动所以应该去，可内心却不愿意去。然后她把那张纸贴在了冰箱上，每天放学回家就会往清单上加上新的原因，然后删除不恰当的原因。在此期间，她应该是在学校有了开心的事情，也有了聊得来的朋友，不想去修学旅行的原因一点点减少了。到了临近旅行的那一天，女儿在"想去的原因"清单上加上了一条——"如果我去的话，也许还能和室友成为好朋友"。最后，女儿决定参加这次旅行，她说："我可以的，我要去。"

迄今为止，很多女性都问过我"我该不该跳槽？""我是不是提出调动申请更好？""什么时候才能重返社会呀？"之类的问题，但就算我说了我的经验，我也没法儿代替她们做决定。

如果你面对选项感到迷茫，那不妨试着把这种郁闷的心情转化成语言，然后写到纸上，梳理自己的大脑，如何？即便想不出选项也没关系，你就写一写对什么事情感到不安和不满，然后把这张纸贴到冰箱上，一有机会就看看。如果你能从客观角度来分析迷茫和郁闷的自己，我觉得你就成功迈出了第一步。

直接行动的意外惊喜

如果你想要做某件事却又做不了决定，即便写下了想法也依然不行，那郁闷的心情就难以放晴，这时不如试试保留判断，直接行动。

比方说，如果你对目前的工作感到不满，那就尝试跳槽。当你登录招聘网站时会收到哪种工作的邀约呢？如果你接受面试，招聘企业又会给予你怎样的反馈？

如果是能接受的邀约，那继续关注跳槽机会就是一个好选项。如果完全没有满意的邀约或者面试没通过等，那结果可能很遗憾。但我们要承认自己能力不足，并意识到现在所在的公司的可贵之处，准备好重新开始在这家公司站稳脚跟。

这些都是非常重要的选择。

也就是说，一旦你采取行动，那么必定会在反馈中有所收获。与其一直心情低落，不做任何选择，也不放弃任何选项，只是一味地烦恼，不如先试着采取行动，事情就会有所进展。

人生并不会总把应该选择的正确选项摆在我们面前，选项只有适不适合自己之分，而且会根据你当下的情况发生改变。

读者朋友们，或许你们之中也有人无法接受当下的自己。不过没关系，人生不断面临着选择和放弃，即便你现在做不到，但通过自己思考、决定，你终能接受今后的人生。

想做 ≠ 能做，
决定 = 战略

我在人生中做过很多决定。

其实我并不是一直都充满自信，我经历过三次跳槽，也曾毫无自信地拒绝过 offer（录取通知）。如果我是那种志向远大、奋勇前进又充满力量的人该多好呀，可惜我不是。选项明明不多，可我却在漫长的人生中因迷茫和不安而再次陷入抑郁。

但是，我能接受自己至今做出的所有决定。或许这是因为比起梦想和理想，我更重视现实，更专注于当下自己能做到的而不是想做的事情。

当然，我也曾有过失败和纠结，那时我就埋头于眼前的事情，然后做好点滴积累。

我个人认为，人无法洞悉未来，能做的就是经常思考怎么解决眼前的课题，怎么做才能迈向下一步，以及什么事情对现在的自己来说是必要的，对这些问题深思熟虑以后再做决定。

我成长于一个不公平的环境

常常有人问我：

"为什么你能那么轻易地放弃工作呢？"

"为什么你那么厉害？"

"你的人生目标是什么？"

在这里，我和大家分享一下我的价值观形成过程，不知道能否作为上述问题的答案。

我成长于菲律宾的一个日本人家庭。肯定有很多日本朋友听到定居在国外会觉得我们家很有钱，但我们家其实并不富裕。

我娘家开了一家小型五金店，从读小学开始我就每天都要负责看店。我们家是个封建的日本家庭，仅仅因为我是个"女孩子"，我和小我两岁的弟弟在待遇上就天差地别。家里不给我庆祝生日,也不给我零花钱,因为我是个女孩子就支使我去看店,弟弟说的话父母听得进去,但他们对我说的话就充耳不闻……我爸爸甚至很平静地告诉我:"你死了也没关系,我们不需要女孩子。"虽然我觉得妈妈还是爱我的,但她十分软弱,对爸爸唯命是从,并不能保护女儿。因此,我从小的成长环境让我觉得自己不受任何人欢迎。

无论我思考问题还是采取行动,内心都会受到"公平"二字的约束。我觉得这很大程度上源自我成长于一个不讲公平的家庭,所以我对人对己都要求绝对公平,无法原谅失之偏颇。总之,原生家庭导致我变成了这样的人。

● 我想离家出走但没有钱,最后选择留学

我读了很多书来武装自己,不让自己被爸爸扭曲的价值观影响。后来我考上了菲律宾大学,因为家里不给我支

付大学学费，我就边打工边读书。大学三年级时，我觉得自己对这种环境的忍耐已经到了极限，因此决定离开家。我有三个选择：工作、结婚和留学。

我毫不犹豫地选择了第三个选项"留学"，但自费留学不太现实，我在这里碰到了极限。其实我想去美国，那里生活着各种各样的人，而且是经济中心，但是去美国的留学费用过于高昂，所以我不能选择它。我甚至还想过先工作几年攒攒学费再去，但就算这样学费还是太贵了，所以我只能放弃。于是我盘算着，如果去日本留学，竞争率比较低，还有可能拿到奖学金，最后如我所愿，我申请并考上了日本的国费留学生。

但是爸爸极力反对："一个女孩子留什么学！"我抱着再也不回菲律宾的想法，带着单程机票和仅有的行李离开了家。1980年4月，20岁的我成为东京外国语大学的留学生。

我知道在这个陌生的国度我谁都不认识，只能靠自己生活，所以我一心扑在学习上，拼命练习日语，只要时间允许，我就去打工赚钱。到了暑假，我蜗居在没有空调的公寓里拼命做兼职翻译的工作，负责把日语漫画翻译成英语。整个夏天我打工赚了100万日元。

但是，妈妈让我把赚来的100万日元借给弟弟，说是弟弟从大学退了学，然后拿着爸爸借给他的钱开始做小生意，但不太顺利，生活困窘。于是我把存在银行账户里的100万日元兼职费全部汇给了弟弟，然后告诉他："这钱就当是买断我们关系的费用。别再找我了，你们再怎么样都和我无关。"

从那之后，我不再理睬弟弟。爸爸的葬礼我也没去。虽然现在妈妈偶尔会打来电话，但她一说到弟弟我就挂断。也许有人会说我为人冷酷，的确如此，但若不是我冷酷地切断和原生家庭的联系，我永远都无法脱离那个家吧？我觉得这是为了保护自己必须做的事情。常有人说我"强势"，可能是因为我20岁就决定放弃家庭。

我切身体会到，认清自我是为了拥有自己能够接受的人生，并且不会在做出决定后感到迷茫。

● 凭"直觉"决定结婚

在我所做的各项人生决定中，我认为直觉在决定结婚这件事中起到了一定作用。

我前夫是一名外交官，自大学时代起我们就是朋友。起初他去菲律宾任职，而我在东京的一家贸易公司拼命工作，所以我们一直是异地恋。而且因为那个时代还没有网络，我们只能通过信件互相保持联系。当他确定将前往利比亚任职时，我觉得他应该不想自己一个人去。而且我知道，这样下去，我们两个人的缘分将尽，于是我在 27 岁时辞职并和他结婚，陪他一起去了利比亚。

两年后我回到日本立刻重返职场，30 岁怀孕生下女儿后，我又选择成为全职主妇，这段经历我在第 1 章中已经说过。之后的十七年，我作为全职主妇度过了我人生中最幸福的时光。

选择成为全职主妇的是我自己，不是别人，即便前往海外以后，我也不曾后悔。因为我觉得明明是自己的决定，如果抱怨和不快那就是对丈夫的不尊重。

重返职场第一步：
因为我只能做这个工作

虽然我完全不曾后悔度过了十七年的全职主妇生涯，但2011年回到日本找工作时，"52岁，全职主妇十七年"这个标签却成了堵在我面前的墙。

我不断地投递简历，却一直吃闭门羹，甚至连面试邀约都接不到。我英语和日语的水平都还算不错，也曾在曼谷的自助餐厅做出业绩，这些都让我感到骄傲，因此我希望找一个"好工作"。但是通过找工作，我意识到52岁的我，市场价值要比我想象的低得多。十七年的全职主妇生涯相当于长时间没有在社会上工作，因此我得不到机会。这就是现实，虽然我对这种不公平的待遇感到很生气，但也无可奈何。

所以我降低了标准,就算不是正式员工或者薪资不高也没关系。继续找了半年多以后,我终于找到了一份在富豪会员俱乐部做电话客服的工作,时薪1300日元。

对此,有人表示"1300日元很高了,我都赚不了这么多",也有人说"会说英语,又在自助餐厅做过经理而且有所成绩,却把自己贱卖了"。但对当时的我来说,其实能赚多少钱并不是问题,因为我根本没有其他选择啊!无论时薪是1300日元还是900日元,我都只能干这份工作。

● 从电话客服起步,从赚时薪到赚月薪

这份工作除了要做电话客服,还得干复印资料等杂活。一开始我心生抱怨,觉得光电话客服的工作都做不好还要做别的事情,而且向别人请教不懂的地方又会给别人添麻烦。其实这些工作不需要特别的技能,但一定得有忍耐力和体力。拼命地干了三个月以后,我逐渐能记住大致

的事项。

当我能基本记住要点并熟练工作以后，我产生了升职的想法。因此，我决定接下儿童生日会的企划运营工作。这种儿童生日会面向会员开展，因为很麻烦而且报酬少，所以大家都不愿意做。我利用育儿和在自助餐厅工作的经验办了很多场生日会，孩子们都非常开心，我也因此备受好评，越来越多的客人指定要我负责宴会。一年后，我负责的活动销售额在团队总销售额中占比达到了大约40%。

我签的合同为一年期，在续约时我提出"请把时薪制变为月薪制"，不过最后没能实现，公司只是将我的时薪从1300日元涨到了1400日元。于是我产生了跳槽的想法，我的目标就是做"月薪制的工作"。

● **我从未想过当社长**

那时有位熟人向我发来邀请："你考不考虑去全日空

东京洲际酒店工作？"他了解我在曼谷的工作状态。不过一开始我拒绝了——"我做不了"。我毫无在酒店行业工作的经验，也没有自信，这对我来说简直就是天方夜谭。

但我冷静地想了想，我正好在考虑跳槽，而这份酒店的工作就可以让我达成眼前的目标——"做月薪制的工作"。于是我的内心逐渐动摇，想着要不试试看。而且他们很认可我在很多国家生活过的经历，这一点也打动了我。

于是，我在连双床房和大床房都分不清的情况下入了职，然后每天拼命学习。进入公司后，我发现有很多人都在酒店行业一心一意地干了二十年。所以单纯因为喜欢就做了十七年全职主妇的我下定决心要努力学习，因为如果我想要和其他人拥有一样的基础那就只能学习。

虽然我没有做过客房销售，但由于外国客人很多，所以能将英语作为工作语言成了我的一大优势。我的销售成绩越来越好，入职次年即晋升为高级销售经理，三年后升为销售开发部副经理。

58岁时,我为了学习奢侈品管理跳槽去了东京香格里拉酒店。我每天站在电梯前观察那些每晚花60万到80万日元住宿的客人拎的是什么样的包包,吃的是什么样的食物,行为又是怎么样的。2018年,即2020年东京奥运会和残奥会前夕,我又跳槽去了可口可乐日本公司任高级经理,负责与奥运会和残奥会有关的招待业务。之后的事情就如我在前文中所说。

这十年间我跳了五次槽,从时薪1300日元开始干起,到现在成为社长。可我从来不曾想过自己会取得如今这般的成绩,我所做的不过是始终专注于眼前,仔细思考每件事,如果觉得迷茫就写下来,进而做出能够接受的决定,然后再迈出下一步。

如果郁郁不快或有所迷茫，那就是不够以自我为中心

我有一张很喜欢的图，中心位置是"我"，即把自己放在人生的最中央。

观察这张图（如下页所示）会发现，掌控人生的人是自己。因为是自己的人生，所以以自己为中心即可。

如果一个人总是郁郁不快、烦恼迷茫，那么他可能没有把"自己"放在这张图的中心。在日本社会，人们普遍认为以自我为中心不是什么好事，对吧？那些更看重家人、孩子和工作的人或许非常反感以自我为中心的人。可是请你试着把自己放在中心位置，然后思考每件事情的优先顺序——对你来说什么最重要？也许你会意外地发现思路变得非常清晰。

你把"自己"放在人生的中心了吗?

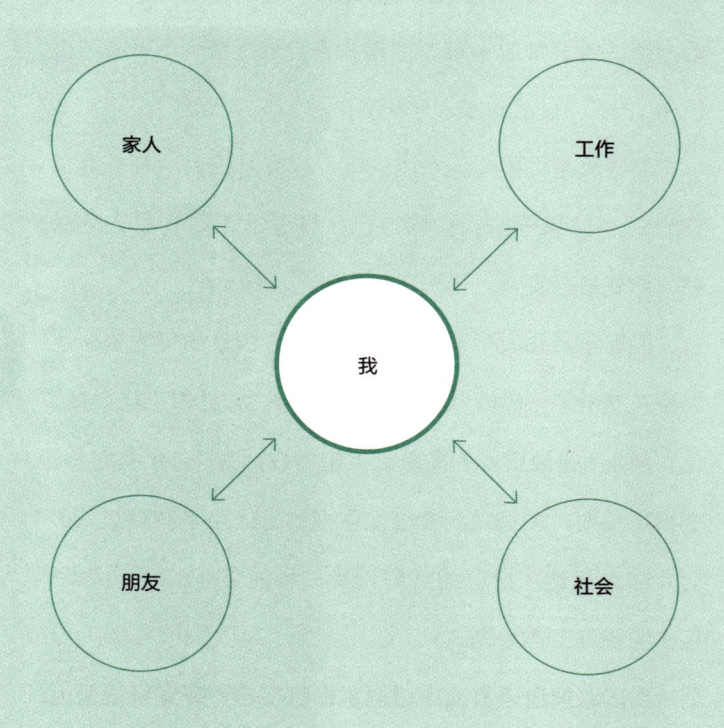

- 家人
- 工作
- 我
- 朋友
- 社会

我们通过这张图可以知道除了"自己"以外的哪些因素会对决定产生影响。请试着把你重视的东西放在"自己"的周围。

我本人是以自己为中心，然后被家人、朋友、社会和工作环绕的。可能对某些人来说，宗教等也是很重要的因素。请试着经常思考每个因素和你自己的关系，比如"自己和工作""自己和家人"等等。

那些总是忙得毫无空闲的人，或许是因为他们放弃了"自己"。如果一个人排除自己，只考虑工作和家人的关系，那就很难找到自己真正想解决的问题。

根据年龄和人生阶段的不同，这些因素的优先顺序也会发生变化。例如，我结婚之前觉得"自己和工作""自己和朋友"是最重要的关系，但婚后我认为"自己和家人"变得更重要。现在，我曾经最重视的家人已不在身边——女儿结婚组建了自己的家庭，我又和前夫离了婚。因此，现在的我以工作为先。

我正以前所未有的热情与工作打交道。我觉得这是因为我目前的人生阶段允许我这么做，同时我本人的极限也发生了变化。我非常喜欢如今这样的我。无论是全身心育儿的阶段还是当下，我都很爱自己。我觉得把自己放在中心能够更好地了解自我。

随着年纪的增长，我渐渐不再在乎"自己和社会"的关系。年轻的时候，我们会下意识地在意社会怎么看待我们以及我们在社会中是怎样的存在，但现在我不再如此。当我切身体会了社会的变迁以后，我已经不会因社会的些许变化而受到影响。这样想来，年纪增长也不是一件坏事呢。

做出取舍，
做好规划

由此可见，列出选项、选择放弃直到做出决定的过程可能是最难的。但人一旦做出决定以后就会变得非常轻松，真的！决定好以后，我们只需要做好规划即可，先完成这一步，视结果来看下一步。

通过规划，我们可以获得安全感，我在前夫患病时对此有了切身体会。当发现他生病时，我们家人感到极大的不安。当时我们住在曼谷，医生把所有的治疗方法和用药等选项都告诉了我们，然后问我们选择哪一个方案。

我们怀着不安的心情进行了咨询和调查，最后艰难地决定了治疗方案，能做的都做了，之后就只能顺其自然。我们给几个治疗方法排了优先顺序，先从第一选项开始尝试，如果第一选项的药没效果那就变更为第二选项。当然，不安并未消失，但有所减少。通过规划并实施可以帮助我们安心。

无论是决定自己的未来发展，还是选择结婚对象，抑或是选择职场，我觉得都是一样的道理。首先周密细致地收集信息，然后进行选择、决定和规划，之后顺其自然即可。

如果做到了这个地步，你依然恋恋不舍地感到后悔，那就是因为你在做决定时缺乏充分的依据，或者没有深思熟虑。这是个很困难的过程，希望大家能认真地、好好地思考，从而避免发生这样的情况。

人生的挫折和失败能帮助我们做出决定

人生充满挫折和失败。我也如此，几乎没有人会不失败。由于人生中遭遇的事故和危机，我们不得不面对自己，有时还会发现之前忽视的自我极限和弱点。

这样的经历有利于我们重新认识自己的价值观，提高判断的准确度，让我们在做决定时不再迷茫。如果能像这样在失败和挫折中有所收获就太好了！

接下来，我和大家分享一位 A 女士的故事，她曾来参加过我的研讨会。

A 女士很热爱工作，责任感也非常强，她休完育儿假后返回公司上班，但工作岗位似乎有些变动。因为不习惯新的岗位，所以她每天都得以工作为先，力求尽快适应。

可刚上保育园的孩子却偏偏挑妈妈很忙的时候生了病，只能一直待在家里。于是，A女士无论工作还是育儿都很不顺利，两边都来不及顾及，结果孩子紧急住院。在这段经历中，A女士十分自责，她觉得是自己在逞强。与此同时，她注意到自己半路放弃了两件事：一是边育儿边工作的觉悟，二是营造育儿和工作两手抓的环境。

面对这样的自己一定非常痛苦吧？但A女士也从这段经历中有所收获，她决定在努力营造两手抓环境的同时，一旦碰到紧急情况就万事以孩子为先。她确定了这个不会动摇的优先顺序，并且为之做了细致的准备。她从危机中学到了东西，并能有效应对下一次危机，因此我觉得她是一个很好的例子。

我本人也曾经历过很多次危机，当我直面它们时，我第一次了解了自己的想法。

我前夫40多岁时得过一场大病，那时我想他该不会就这么死了吧，这件事令我坐立不安，我清楚地记得当时我担心得几近崩溃,觉得这个人要是死了,那我也活不下去了。

之后我开始考虑和他离婚,在烦恼了将近十年后,我们终于在我58岁时正式离婚。让我下定决心的其中一个原因是我内心逐渐萌生的一个想法,那就是"没有这个人我也能生活"。因为我曾在遇到危机时直面自己的弱点,所以我觉得我们两个人分开生活是为了彼此好。如果没有经历危机,可能我也无法做出这个决定。

我日常做决定时非常果断,只有离婚这件事下不了决心,花了漫长的岁月才最终做出决定。关于这件事,我们在下一章中再细说。

第 4 章

为了做决定
以后不迷茫

设想最坏的剧本，
避免内疚和留恋

以前我曾在研讨会上听到有人说："如果做了决定以后依然有所留恋，比如怀疑'这个选择真的更好吗？'，那真的很恐怖啊。"

实际上，这种留恋很不好，很有可能是因为这个人对自己的能力和标准过度自信，例如认为"我可能还有更好的选择"或者"我可能把自己贱卖了"等等。

虽然我觉得这种想法本身并没有什么问题，但无法接受现实只会让人徒增疲惫。为了避免发生这样的情况，我们必须接受自我极限，然后冷静地进行判断和选择。如果单纯地追求可能性，那就会导致在给所有选项留有可能性的情况下做选择，从而无法做出取舍。

除此之外,"缺乏自信"也会妨碍我们做决定,容易让人在做决定后感到迷茫。我对此亦深有体会。

第一次是我在曼谷的校园自助餐厅工作大约三个月后,受邀负责整个餐厅的产品制作和管理,但我立刻拒绝了,产品制作和管理?我怎么可能干得了啊!第二次是我在富豪会员俱乐部做时薪1300日元的工作时收到邀请,问我是否愿意去全日空东京洲际酒店工作,那时我也回绝了,表示"我没有酒店工作的经验,我不行"。这次外资酒店日本法人社长一职依旧如此,起初我也以商业模式方面的经验有所欠缺为由予以推辞。

说实话,三次经历中我都没有自信。我很害怕前往一个新的领域,总把事情往坏的方向想,担心要是不顺利该怎么办。其实无论是谁,挑战没做过的事情都会觉得害怕。

不过,我经常会通过设想最坏的情况来帮助自己做决定,以令自己能够接受。

谁也不知道未来会发生什么，做出决定以后可能会发生意料之外的事情，因此我们在做决定时可以设想一下可能发生的最坏的情况。

然后问问自己：你能接受你自己决定的事情吗？如果情况真的变得这么恶劣，你能放弃吗？

经常有人说，"辛西娅女士骨子里是一个积极向上的人"，其实并非如此。因为我经常思考事情最坏的情况，所以也不能算积极向上吧，但这样做确实减少了我做决定时的迷茫。

我能接受失败吗？

迄今为止，我共有两次设想最坏的情况后做出重大决定的经历。

第一次是决定成为全职主妇。当我把年幼的女儿抱在怀里时，我觉得没有任何事情比她更重要，如果这个孩子在我工作时遭遇了什么危险，我会后悔一辈子！就算那并不是我的责任，我也会一直自责，怪自己没守在她身旁保护她免受伤害。虽然我知道有时候即便我守在她身旁也避免不了她受伤害，但我觉得如果我在她身边我就可以救她，所以我选择做一名全职主妇。

第二次是决定离婚。具体情况我们后面再细说，但我确实花了很长的时间才做出这个决定。当我犹豫要不要离婚时，我想象了两种最坏的情况，分别是"不离婚，就这样继续生活下去"和"离婚"。

如果继续这样生活下去，我会渐渐变得冷淡，丢失自我。如果离婚，我当时没有工作又很孤独，会变得十分贫穷。如果我选择了某一种，我能否承担那个选择带来的后果呢？那时的我觉得自己能够接受"孤独且贫穷"，因此选择了离婚。

不过，很多人会错以为这就是正确答案，其实并非如此，我的这些决定对我本人而言是正确的，但并非适用于所有人。所做的决定符合自我价值观是大前提，但正确答案因人而异。

例如，人们普遍觉得孩子由母亲养育更好，孩子小的时候母亲应该陪伴在孩子身边。但这种说法只是众说纷纭的其中之一而已，对你来说并不是唯一的正确答案，你不必全盘接受。如果你事业心很强，能在工作中感觉到自我价值，那么你一定会后悔放弃工作。最重要的是你要知道自己在人生中重视的是什么，然后做出符合价值观的决断。

这样做的目的在于让你知道自己是否能够喜欢做出这个选择的自己,是否能够认可"镜中我",即观察别人对自己行为的反应而形成的自我概念。请大家试着回忆第107页的那张"自我中心图",然后进行思考。

总是担心"如果不顺利的话该怎么办……"

常常有三四十岁的女性向我咨询关于工作的事情，我发现很多人好不容易做了决定却没有付诸行动，这令我倍感可惜。

一旦做了决定，那就制订计划，然后执行。在这个过程中，有些人虽然已经向目标迈进，却在做决定时原地踌躇，而她们并未意识到是一种想法阻碍了自己——"如果不顺利的话该怎么办？"

在我接受的咨询中关于跳槽的问题占比最高，那我们就以跳槽为例。如果一个人嘴上说着"想跳槽"，却既没有认真地查询招聘网站，也没有收集意向行业的相关信息，明明可以做出跳槽的决定却没有采取任何行动，那他就会丢失很多机会。

我以前有个同事小香（化名）就属于这种类型。她在我工作的那家酒店做销售。销售部一共有四名员工，其他三人都是男性，年纪比较大，职级也比她高，而小香连名片都没有，但她无论是销售工作还是杂活都干得很积极。我觉得她挺能干的。

入职几个月后，我不由得向她提问。

辛西娅："小香，你有没有觉得你比那些大叔更能干？"

小香："啊？嗯！我确实觉得如果没有我的话，这个部门的工作就干不过来了呢……"

辛西娅："你觉得这样下去好吗？之后不管待多少年，无论是组织结构还是你的工作可能都不会有任何变化。或许你还像现在这样连名片都没有哟！"

小香："我很早之前就在想是不是跳槽更好。但是……"

我感觉到小香并不认为这样下去很好，于是建议她立刻去注册领英的账号，然后上传简历——领英是一个面向职场的社交平台。

辛西娅："磨磨蹭蹭的话太可惜了！快，马上去！"

小香可能希望有某些契机能促成跳槽。她注册后不久就接到了面试邀约的电话，最后跳槽去了高级外资酒店，后来又去了等级更高的酒店，收入和地位也节节攀升。

另一个部门的朋子（化名）也一样，她明明是位很能干的女性，但看起来总在忙杂活。她似乎相信"工作就是这样的"。

我建议她："总之呢，你先试着去面试，一定会有所收获的。"

后来刚好有一家外资酒店在招人，于是朋子立刻去面试了。面试时，面试官问她："你在现在的酒店里工作了几年？"她回答："九年。"这似乎引起了外国面试官的注意，面试官问："九年都在同一个地方做相同的工作吗？"

朋子瞬间捕捉到面试官溢于言表的惊讶，她知道这绝对不是好事，于是意识到一直这样下去不行啊！之后她通过中介跳槽去了邀请她的酒店，现在正开心地做着发挥她才能的工作。

● **请不要将极限固化**

我身边有很多这样的事例。虽然看清自我的极限后继续待在原地也是一种选择，但也有人判断错误，浑然不知自己已经突破了极限。

自我的极限和价值观是会变化的，因此我认为最好定期重新进行评估。我本人的极限和价值观也在人生和工作的不同阶段发生了变化。也因为如此，我希望能够收集各个视角的信息，客观地看待自己的能力。

设定小目标，
宛如玩"双陆"[1]

明明是深思熟虑后好不容易决定的事情，如果最后没能成功完成，那可能是因为执行方案过于温和。

如前所述，我本人的性格并不擅长通过勾勒庞大的想象与梦想去激励自己，我认为仅凭梦想和想象无法促进自己努力。因此我只专注于眼前，按部就班并细致地解决每一件事情，就像玩"双陆"游戏一样，一关一关地过。

求职、结婚、跳槽、离婚、选择工作等等都是这个道理。一旦决定"要做"，那就做好规划，但注意不要挑战过于困难的事情。

---

[1] 双陆，一种掷骰行棋的娱乐游戏。棋子的移动由掷骰子的点数决定，首先把所有棋子移离棋盘的玩家可获得胜利。——译者注

我所说的规划并不是设立很远大的目标，而是设定几个小目标，一边达成一边向前迈进。

如果没能达到小目标，那就重新进行思考，再次设定一个新的小目标。假设你设定的是很模糊的大目标，比如"进入好的公司""邂逅一个好人"等，那么中途就很可能会遭受挫折。但如果是具体又较小的目标，比如"进入能学习销售的公司""遇见能构建平等关系的人"等，那么即便有些小差错，你也可以重新开始，或者对路线稍做修正，无论如何都能够继续向前迈进。我觉得这或许就是成功的秘诀。

很多人都会问我："辛西娅女士，您的目标是什么呢？"我经历了五次跳槽，62岁时就任外资酒店日本法人社长，我注重的只有一件事。

那就是我希望亲自招聘员工。

我想在这家酒店确保招聘的多样性。迄今为止，很多人给过我机会，我对此深表感谢，也觉得自己非常幸运,但同时我也在某些地方切身感受到了不公平。我曾想过,明明有很多希望再就业的全职主妇,却只有我成了幸运儿。如果我是招聘方,那我就可以为有干劲的全职主妇和单身妈妈们开通再就业的道路,无关经历、性别和年龄,只要有干劲,我就想公平地给予她们机会,所以我成了社长。

我现在的目标是完成半径 50 米以内力所能及的事。最近,越来越多的"女性活跃支援"和"多元化融合"领域的人联系我,说希望得到我的建议,但其实我没什么可说的。因为我的本职工作是酒店经营者,只能做这个范围内能做的事情。

虽然我觉得日本社会的多元化融合已经有所延迟,但我目前并不奢求能够赋予日本社会多样性,不过我想试着让我们公司的招聘更加多样化。因此,我现在在招聘工作上投入了很多精力,虽然有时不顺利,有时心情低落,但我还是想为之努力。如果这件事情能顺利进行,酒店的规模得以扩大，那我就再拓宽招聘的范围。我想这或许会成为我的第二步。

但如果有大型企业找我咨询如何使女性活跃起来，我不由得想告诉他们，除了修正制度和举办进修、学习会等，希望他们能招聘40岁以上的原全职主妇，哪怕只有一人也好。毕竟，这个社会有很多既有能力又有干劲的人才。

"好羡慕那个人啊!"
——如何与嫉妒打交道?

因为是自己决定的事情,所以只能目视前方,拼尽全力地向着决定的道路前进——能做到这样的话固然很好,但很需要毅力。有时内心也会动摇,比如当你看到其他人选择了你没选的那条路,并且活得熠熠生辉,似乎非常幸福时……

我在女儿出生前是想做女强人的,决不想做什么全职主妇。不过后来故事的发展属实出乎我的意料,我接受并选择成为一名全职主妇。虽然和女儿在一起的每一天都过得幸福且充实,但当我看到身为律师、银行职员、大型IT企业职员的朋友们穿着飒爽的职业装时,我也曾感到嫉妒。

我最羡慕的是一个关系很好的发小,她是一名律师。作为职业女性的她闪闪发光,光听她说的话也能知道她每一天都过得非常充实,通过工作得到了锻炼和成长。

某个瞬间我想,我明明也可以选择那条路啊!——我对这样的自己感到非常惊讶,如果我用这样的心情去对待我的女儿,那对她来说是不是特别失礼呢?我一定得改变!

因此,我把全职主妇当作我的职业,决定把家务和育儿当作任务尽力做好。说真的,那时我觉得只能通过这样的做法来维持我的自尊。

之后就是心理训练。如果一直心怀嫉妒,那就拉下心里的百叶窗,"两耳不闻窗外事",专注于自己的事情。当然,羡慕的心情并不会消失,可如果只有羡慕,那将一无所获。因为羡慕就去做律师?和丈夫离婚,不再做陪同驻外的妻子,然后去工作?不,现在的我做不到,也不想做这样的选择。这么说来,我发现嫉妒和羡慕对我而言都没有什么意义，最终还是要冷静地面对自我的极限和价值观，并接受现实。

● 10 分钟的"可怜派对"

即便如此，人还是会有内心动摇的时候吧？那时，就花上 10 分钟举行一场"可怜派对"——注意，10 分钟这个时间限制很重要。

在这 10 分钟里，请你原谅自己的一切，你可以哭泣，可以大喊，哪怕把错误归结为别人也没关系。但 10 分钟一到，你就要告诉自己："OK，结束！"这种方法能够防止拖延，我本人也多次得益（笑），很推荐哟！

懒人的运动日：
我最牛！

嫉妒心这种东西来自和他人比较。尤其是我们从幼儿时期开始接受的就是横向比较教育，很多人都通过和他人比较来获得自信，例如"因为我有……而她没有，所以我更优秀"之类。

但是，通过和他人比较获得的自信也很容易被夺走。因为如果别人发生了变化，那情况就会完全改变，很多人都拥有你没有的东西，你永远无法得到满足。因此，人最大的敌人是自己。我也每天在和自己战斗。如果能找到自己专属的战胜自我的方法，那控制心情就会变得格外容易。

运动是我最讨厌的一项活动，我从没想过要积极地去做运动，我的原则是能不运动就不运动！但我又觉得如果浪费下班后的片刻闲暇非常可惜，所以会去体育馆运动一个小时，我觉得在这一点上我战胜了自己。

譬如某一天明明是去体育馆的日子，但我上班时忘记带运动服，而且因为下雨，心情也阴沉沉的。工作时我一直想着"好想就这样直接回家啊，不想去体育馆"。但如果就这样回去……那岂不是自己让自己失败了吗！所以我不情愿地回家取了运动服，然后照常去体育馆上课。

后来怎么样了呢？我从体育馆回家的时候出乎意料地神清气爽，变成了"最厉害的我"。第二天我还有个大型演讲会，一大早踏入会议室时我觉得自己很无敌！我能自控，头脑也非常清醒，完全不觉得会输（笑）。或许你会觉得我有些夸大其词，但这也是因为我就是那么充满自信！

我做全职主妇时最讨厌的家务是打扫厕所，所以我会先把这件事做完，那时我就变成了"最厉害的全职主妇"，所有家务活都做得非常顺利。

请试着去挑战并完成你讨厌和不擅长的事情吧,哪怕都是芝麻小事也没关系。我推荐给大家一些简单的方法,你一个人就能做到,它们能帮助你不被任何人左右,从而增加自信。

屡败屡战，
不断成长

　　一个人即使走上了自己认定该走的路，也免不了到处碰壁。有些事情并不会按照设想发展。我也是如此，有时候明明觉得"这样一定行！"，却没有得到设想的结果，因而情绪非常低落。

　　但其实这是绝佳的学习机会。因为真的有很多东西只有从经验中才能学到，尤其是从失败中学习。失败是成功之母。

　　即便失败我也不会垂头丧气，而会思考其他方法，然后告诉自己"下次这么做就可以啦"。日常生活中的小失败也能让我们学到东西，并帮助我们做决定。

　　我在酒店工作即将满一年时发生了一件事。当时我面临续签，于是提出了涨薪的要求。我在第一年里取得了不错的业绩，且跳槽后又从时薪制变成了月薪制，因此我把下一个目标定为涨薪。

可我和直属上司的沟通很不顺利，甚至起到了反作用。于是我径直找了总经理，因为我入职时和他聊过很多次，关系也比较亲近。直属上司脸色很难看，完全把我视作敌人。其实问题并不是出在钱上。回头想想，如果站在直属上司的立场来看，自己的下属忽视自己直接和更上一级的领导沟通，那心情怎么可能会好！我明明可以更尊重上司一些，却为了达成目的强行越了级。虽然最后可能也只有这个办法可行，但我从这件事当中学会一个道理，那就是应该先了解当我坚持自己的想法时会产生怎样的影响，然后再采取行动。很多东西都是经历过才会注意到的呀！

现在我每天都要和澳门总公司的老板沟通，而之所以沟通顺利，得益于我之前和领导产生正面冲突时学会的道理。如果我仍然采用之前那种方式，那本来能解决的事情也会无解。

喏，即便老板提出了令人为难且毫无道理的要求，也不要立刻拒绝说"我做不到"，而是先告诉他"这个问题先放放"，之后再给予他反馈，比如"经过讨论，这是个非常好的想法，但按照日本的法律可能比较难执行"等。诸如此类，我每天都切身感受着从经验当中有所收获的重要性。

志愿者活动成了
我的"第三空间"

当你想方设法地改变现状,却受到自我极限的阻碍,无法按照设想做出重要决断或者没能朝着既定目标前进时,或许你可以试着改变行动的方向。

比如,我通过挑战本职工作之外的事情找到了第三空间,而我在这个空间获得的经验成了此后人生中的有力武器,令我的人生更加顺利。

我做全职主妇的那些年,积极地带头组织家长教师协会活动。我在曼谷担任了两年的家长教师协会会长。虽然活动非常繁忙,但对一个全职主妇来说,在一个组织中和成员为了相同目的进行活动的经验非常难得,而且这对我后来构建职场人际关系也起到了很大作用。

因为参加家长教师协会活动，我的人际关系网得以扩大。我之后才意识到这一点，在我担任家长教师协会会长期间，因为频繁与校方沟通交涉，所以校长和事务处老师都对我有很深的印象，这对我后来迈出重返职场的第一步，即在学校的自助餐厅工作，起到了助推作用。

后来当我回到日本，在富豪会员俱乐部工作时，有个在曼谷认识的熟人问我是否愿意跳槽去全日空东京洲际酒店。他了解我在曼谷的工作状态，如果要追溯源头的话，或许就是家长教师协会活动。有意思吧？谁也不知道两件事情会在什么地方如何产生联系。

我之前完全没有在酒店工作的经验，后来从事酒店客房销售工作的第二年，我因为想拓宽人脉就开始在ACCJ（美国商工会议所驻日机构）做志愿者。之前一直是总经理代表公司去参加活动，不过他工作太忙了，其他人也不愿意去，因此我接受了这份工作。ACCJ的成员全是在日本发展事业的知名美企最高层和董事级别人士，所有人中只有我是个不知名的小喽啰。不过我并不逞强，只做自己能做的事情，于是我担任了没人愿意做的旅游委员会委员长一职。

虽说是志愿者，但我也想好好地做出成绩，所以耗费了很多精力。作为行业研究的一环，我们举办了一些活动，邀请了诸如民宿预订平台"爱彼迎"、口碑旅游网站"猫途鹰"等热门企业的相关人士参加。说实话，举办这些活动有很多细致的杂活要干，非常累，但因为我担任了委员长一职，所以认识了会员企业的最高层和董事级别人士。因为这些人脉，我收获良多，这些在工作以外的场合构建的人际关系在我的职场中发挥了作用。

现在，我非常珍惜自己构建的第三空间。当我受邀参加演讲和研讨会时也如此，因为讲师和听众的人际关系也很难得，我不想轻易结束，所以做了不少努力。比如我一定会参与会后社交，认真阅读 SNS 上的私信，即便迟了也会回复，以及参与大家的讨论。

迄今为止,很多人给予我机会,因此这次我想在自己能力范围以内回报给大家。希望各位朋友能意识到自己的可能性,即便你无法接受现在的自己,也要知道从现在开始你依然能改变自己。

遇见推我一把的导师

　　人生中可能没有比遇见一个好导师更幸福的事情了。

　　我的导师是一家知名企业的 CEO（首席执行官）。当时我边在酒店工作边参加 ACCJ 的活动，并在 ACCJ 上遇见了诸多在日本发展事业的优秀企业的高层人士。当时是我刚从事销售工作的第二年，没有人对我这个无名小卒有兴趣。但我竞聘了旅游委员会委员长一职，负责企划项目，代替工作繁忙的会员们操办实务，而在我做这些事期间，大家对我的看法发生了变化。

　　其他成员都是各个公司的高层精英，十分忙碌，即便他们能出席会议和活动，但实务确实干不了，于是开始有一种传言："只要把事情交给辛西娅，就会一切顺利。"

　　某天会议开始前的闲聊时间，那位 CEO 问我："你为什么做这个工作呢?"聊着聊着他又说:"你做了十七年的全职主妇,对吧?那真的很厉害呢。"听完我的故事后,他建议:"你是不是还能做到更多事情呢?与其一直待在同一个组织中,我建议你不如两到三年换个工作,从而积累各种各样的经验。"

于是,我意识到"比起一直待在一个公司,换个工作更能提升自己的价值"。我觉得正是因为这个建议,后来我多次跳槽,完成一个个小目标,这才有了今天的我。

成为对导师有用的人

常常有人问我,"我要怎么做才能遇到导师?"或者"请教教我寻找导师的方法"。

前文中提到,我的导师注意到我并和我搭话是因为我代替工作繁忙的成员干了实务。我想或许是我给他留下了这样一种印象:每当有活动时,我总是作为辅助人员拼命地干活。

但我一开始绝对不是以此为目的。然而,我虽然没有地位,最后却凭借当下能做到的事情让大家看到了我。

对我来说很重要的另一位导师是我在商工会议所遇见的酒店总经理。

这位总经理的影响力极强,只要他出席活动便能吸引很多人。商工会议所委员会也是如此,如果活动由我发起则很难召集成员,可如果这位总经理参加,出席者就会倍增。因为我很想把一个项目做成功,所以我请求他:"所有细致的实务都由我负责,能请您给这个项目挂个名吗?如果活动当天您能赏光出席就更好了,只要和大家聊聊天就行。"

最后,项目的所有实务都由我完成,总经理出席了活动,他的参与让项目得以成功。我费尽心思让我的这位导师看起来非常帅气,最后他备受好评,大家对我的评价也随之上升。

我在这件事中学会的道理就是,如果你希望找到自己的人生导师,那么你就要知道你能够为导师提供什么价值。

比如我能够提供的是实务能力,其实任何东西都可以,像高度的信息敏感度、有趣的想法等,那么你或许就能成为对导师来说很重要的信息源。很多二三十岁的朋友把我当成导师仰慕,我也一直和他们保持着联系,因为他们的故事很有意思，同时也让我有所学习。

　　我想在酒店工作的原因之一是我能构建以酒店为基础的社会团体。我很希望能够营造一个良好的环境，让人们自由地进行交流，跨越年龄界限建立更多的联系，然后遇见导师，这太令人兴奋了！

离婚？不离婚？
我愁得都快抑郁了！

虽然我做决定很迅速，但只有离婚这件事例外，从萌生这个想法到真正离婚，中间隔了整整八年。

其实当我开始在曼谷的学校自助餐厅工作，后来又受邀负责整个自助餐厅的产品制作和管理时，我正在为私事烦恼。

因为我丈夫去了纽约，而我却一直独自留在曼谷继续工作。虽然工作算是很有意思的，但因为我决定自己留在曼谷，所以产生了一种想法，觉得这样下去我们也许无法再继续夫妻关系。

我反复思考要怎么做才能让这段婚姻顺利继续，得出的答案是我辞去自助餐厅的工作然后前往丈夫所在的纽约。

当时有很多选择摆在我面前,我必须选择一个,然后执行。假设我们一起在纽约生活但还是过不下去,那也许只能离婚——后来我去了纽约,最后也确实没能过下去。

很重要的一个原因是我们的价值观不同。他三十年间辗转于海外,拼命工作,所以他希望早点退休,然后去旅行,并且充实自己的兴趣。但我重返职场后感受到了工作的乐趣,所以我想工作。我们的价值观完全不同,而我无法回应他的需求。我认为继续婚姻生活对我们双方来说都很勉强。

但决心很难下。其中一个原因是我觉得只要我忍忍或许我们就可以过下去。他是和我一起生活了三十年的家人,对我来说很重要,也并没有伤害我。考虑到他的心情,我就越发感到抱歉。我们也不是关系不好,只是生活的方向不再一致而已。以这样的原因结束我们的关系,这到底是不是一件好事呢?

另一个原因是离婚后经济方面的不安。这样纠结来纠结去，搞得我心情十分郁闷，竟然还产生了不如被车撞死算了的想法。于是我去精神科接受了诊疗，结果显示我确实有抑郁症状，但我对自己痛苦得几乎抑郁这件事还是非常惊讶。

● 精神科医生的话让我终下离婚决心

我刚开始和精神科医生面谈时，医生告诉我："我不是要判断你的善恶，出了这个房间我就会忘记一切，所以你可以把你所有的想法都告诉我。"我想快点恢复正常，于是把心里的想法全都告诉了他，包括消极负面的想法。

当我真诚地面对自己的内心时，我终于意识到了一件事，那就是"离婚"这个想法已经在我内心根深蒂固。可我依然无法做决定，很重要的一个原因是我担心自己是否能独立生活以及经济方面是否能够承受。

那么，该怎么做才能消除这种不安呢？当我不知如何是好时，医生是这么对我说的："你从一个全职主妇重新回归社会，工作干得非常好。身为一个自助餐厅的经理，你创造了上亿的收益，你在纽约时提出的餐厅管理方案也获得了很高的评价。这些都是你货真价实做出来的成绩呀。这不就证明了你一个人也可以过得很好吗？"

是啊！我始终忙忙碌碌，从未意识到这一点，而他的话给了我一种明确的反馈，也让我终于下定决心要离婚。

后来我丈夫率先返日，我和女儿不久后也回到日本。我好不容易找到了一份时薪1300日元的电话客服工作，自此在日本踏上职场之路。之后我在日本积累着工作经验，和丈夫暂时维持分居状态，我58岁时，我们正式离婚。

● 秉持自我价值观，最终"和平离婚"

我们完全没有在金钱方面发生争执。迄今为止双方共同攒的钱一人一半。他的退休金份额，按照我陪同他驻外的年数计算，我拿到了半数。除此之外还有他父母留给他的土地和财产，虽然律师提醒我这些东西我也有所有权，但我没要，因为那是他父母创造的财产。我的价值观是无论什么时候都应该讲求公平，所以我做出了这样的决定。

这就是我痛苦的决定过程，差点令我陷入抑郁。我在精神科接受诊治后，成功意识到自己明明知道结论却无法做决定。我觉得这体现出人只有坦诚地面对自己，才能做出决定，这是我面对自己的弱点后学会的道理。

于是，之前一直下不了决心的我成功和前夫"和平离婚"，我们彼此为各自不同的未来应援。

虽然他之后再婚了，但当我听说这个消息时打心底感到高兴，因为他曾经是我非常重要的家人，而现在他找到了今后与他相伴的人。对真心这样想的自己，我再次强烈地感受到我有多么认可自己当初所做的那个决定。

"我的决定" ❷

> 读者实践

以下是部分读者的经验之谈,她们从辛西娅女士的话语中获得了认知和勇气。其中有些人的重大决定甚至改变了她们的人生。每个人从产生想法到最终决定的过程也各不相同。

要不要离婚?
试着列出选项,然后采取行动吧

● 我参考了辛西娅女士做决定的方法,例如如何放弃选项、假设最坏的情况后看透问题本质等,这些方法很有参考价值。一直以来,我对是否要离婚这个问题倍感苦恼,于是我试着梳理自己的价值观和幸福观,先列出所有选项,然后以离婚为目的进行职业生涯规划。经过和律师讨论,我渐渐意识到应该用自己的双手创造未来,要相信自己。当我意识到我和伙伴是平等关系,同时试着表达自己的想法时,我就能够从心底进行对话,重新构建人际关系。现在,我会利用当我面对自我时所学会的职业顾问知识和经验,然后采取行动去尝试新的挑战。

(36岁,运输业,正式员工)

我希望结束育儿后继续实现自我成长

● 我有一个9岁的独生女。最近她成长得很快,即便没有我帮忙也能做很多事情,我在感到高兴的同时又倍感失落。虽然我想过生二胎,但已经做不到了。可是,我再次切身感受到看着女儿成长是我人生中最幸福的事情。在工作方面,我成功地从事了自己的意向工作,在能够步步提升的阶段过得非常充实。我希望自己在结束育儿以后不会产生"空巢综合征",而是直面自我,继续成长。

(48岁,音乐相关行业,个体经营者)

虽然再就业面试落选,但又有了新的开始

● 辛西娅女士因为新冠肺炎疫情而失业,然后开始在超市做收银员,她秉持着"如果这件事情我目前能做到,这份工作需要我,那么不管是什么我都要做!"的想法,这令我颇为震撼!生下孩子以后我经历了十五年的空白期,最近才重新开始工作。实际上,我N次面试都落选了,但我想到了辛西娅女士的话,于是我整理好心情再出发,否则我只会叹着气说"50多岁的人再就业果然很难啊"。我想重新开始,加油!

(54岁,建筑业,合同制员工)

从打工、调职到跳槽，一路实现职业提升

● 我在从事销售业务的分店打工，像辛西娅女士一样认真地完成每一件工作，并积极地提出改善方案。于是，在新冠肺炎疫情导致经营不振时，我实现了调往总公司的愿望。实际上我预料到了收入会因为新冠肺炎疫情下降，于是我通过自学考取了职业顾问的国家资格证书。我利用这个资格以及在分店的工作经验跳槽，后来在年轻人管理·女性再就业支援中心工作。我希望再次客观地审视自己拥有的经验和迄今为止取得的实绩，然后在能够得到好评的新地方尽情地展翅高飞。

（49岁，人力资源行业，合同制员工）

即便年纪增长，也想活出自我

● 我看了《日经 × woman》的采访报道，觉得辛西娅女士"交到忘年交"的观点非常新鲜，我备受激励。虽然我内心认为"年纪增长 = 必须坚强、必须优秀"，但我振奋精神，希望活得更有自我，同时也很期待年纪增长。

（36岁，人力资源开发，个体经营者）

过去一直降低自我极限，如今和平离婚争取再就业

● 我现年45岁，有两个孩子，一个上小学，一个上初中。多年来我很珍惜地保存着辛西娅女士的采访报道，时常阅读并以之为典范。我全力投入于孩子的教育，并担任家长教师协会的会长，在家庭之外也积累了很多经验。多年来我一直在做全职主妇，时隔十一年后再次工作。因为孩子还需要照顾，我的行动自然会受到制约，还没办法像辛西娅女士那样华丽振翅。我以前会放低自己的极限，而现在，我直面自己的极限，然后去挑战新的事物。我和丈夫也和平离婚了。如今我为了买下心仪的公寓正在思考如何提高收入，同时为了将来的生活努力找新工作。为了过上自己能接受的人生，我想凭借自己的能力试着采取行动。

（45岁，公务员，兼职）

第 **5** 章

从 40 多岁开始，也能建立自我品牌

你是什么样的人？你在别人眼里又是什么样的人？

你重视的东西是什么？

你的价值观是怎样的？

你的优势和劣势是什么？

你目前的极限在哪里？

我在本书中向读者朋友们提出了很多关于自我的问题，因为要做自己人生的主人，最重要的就是面对自我。

除此之外，还有收集信息、了解别人如何看待自己、知道自己的市场价值、客观判断自己能做到哪些事情以及对照自己的轴线选出应该做的事情。我觉得手握人生的缰绳或许就是这个意思。

总之，对推动人生的发展来说，除了"自己是怎样的人（即内容）"，"周围人怎样看待你（即品牌、包装）"同样也很重要。

或许因为如此，所以现在关于"建立自我品牌"的讲座和研讨会在各处都广受欢迎。当然，有"内容"是前提，但也有越来越多的人觉得我们不能无视"包装"。

而且在如今这个SNS盛行的时代，除了外表、所有物、行为等看得到的"包装"，我切实地感受到我们在SNS上的行为和发布内容等也成为"我"这个品牌的构成要素。

在最后一章中，我要讲的便是从人生后半程开始也能建立自我品牌。虽然我在章节标题里写的是"从40多岁开始"，但其实同样适用于20多岁或60多岁的人群。

我想把这些方法教给所有希望亲手为自己往后的人生掌舵的朋友。

8万日元养老金就足够一个人生活

金钱对人生来说不可或缺。对待钱的态度、如何花钱、花钱的意识、把钱看得多重等等，都和一个人的自我和生活方式密不可分。

我这个人本来物欲就很低，对花钱也没有兴趣，并不是那种非常需要钱的类型。但现在都说人生百年，即便我已经62岁了，未来依然很长。不过几年前我也曾有过不安，担心只靠自己一个人的收入是否能活得下去。

我一直在工作固然没问题，但失去固定收入后越来越不安。58岁时，我辞去了全日空东京洲际酒店的工作，之后跳槽去了东京香格里拉酒店，但我辞职的时候并没有找好下家。于是我渐渐被一种不安感侵袭："这样下去，如果我一直找不到工作就会没有收入。在这段未知的时间内，我要怎么生活啊？"因此，我觉得自己至少要重新考虑如何分配每个月的生活费。

从我做全职主妇开始，我就掌握着每个月的收支情况。但如果有家人在，有些钱就不知道花在了哪里，花费情况也会有所变动，甚至不知道自己一个人需要多少钱生活。因此，我试着计算每个月的固定花费，单位精确到1日元，令我惊讶的是算出来的这笔钱出乎意料地很少，生活费低于我的预想。

我在住宿方面几乎不怎么花钱。因为我住在东京都内房龄二十年、朝北的老公寓里，距离最近的电车车站有20分钟路程，所以能压低不少房租。秋冬季节时非常寒冷，我在家里也得穿薄款羽绒服，但这一点我能接受，而且窗外的景色非常美，所以我很喜欢这个房子。

其他费用比如燃料费、水费和通信费，每个月合计约2万日元，NHK收视费和网飞播放费约2200日元，美容院花费约 5500 日元，每周一次的针灸治疗花费 2.2 万日元——这是我最贵的一项花费。吃饭方面，我一般会在公司附近吃午餐，每天约花费 1000 日元，周末我会奖励自己在外面吃顿好的，就算贵也就 3000 日元左右，每个月餐费最多合计约 6 万日元。

我几乎不买西服，今年买的衣服全都是优衣库的，合计不到 2 万日元。我有一双很喜欢的雨鞋，已经穿了二十五年，前几天破了，于是我在永旺买了一双户外品牌科勒曼的雨鞋，花费 5000 日元。当时我一冲动，又花 3000 日元买了一个夏天背的包包。我今年最贵的消费是人气品牌鬼塚虎的一双红色运动鞋，售价 1.5 万日元，还有睛姿牌的眼镜 1.4 万日元。如此下来，我每月买衣服大约花费 5000 日元。

在美容方面，因为我不买高端化妆品，所以每个月差不多花费 2000 日元。

这样将花费全部相加以后，我就知道了自己的最低生活费是多少，也就是我现在需要多少钱才够生活。

此外，如果我去美国看女儿、吃奢侈的美食或者去旅行的话，钱会花得更多。但即便是现在的生活，我也能在想去的时候去喜欢的定食屋享受美食，每周六还去针灸师那里调理身体，回家路上再买点巧克力蛋糕和台湾甜点犒劳自己，仅仅这样我已经觉得很奢侈了。

● 我有多少钱才够用呢？

经过计算，我对晚年的不安也有所减少。按照定期养老金制度，我65岁预计每月可以拿到8.1797万日元。

养老金很少，但这是我选择做全职主妇的结果，也没办法。可仅有养老金并不足以支付目前必需的最低生活费。但是，如果补足不够的部分，例如我再去去年工作过的那家超市打工做收银员（时薪1200日元），那就够生活了。

行！那样的话我可以做到，起码现在能做到。当我明白这一点时，那可真是太舒畅了！虽然当我说起养老金拿 8 万日元就能放心时，大家都非常惊讶，但我切实感受到，只要知道自己的最低生活费是多少就能变得很轻松呢。

关于时尚，
制定规则就不会迷茫

在时尚方面，你会花多少时间、精力和金钱呢？这根据每个人价值观的不同而相异。

就如前文所说，我这个人几乎不怎么花钱。不过并不是因为我想做什么极简主义者，也不是为了环保而决定不买东西，只是有时候我环视衣橱觉得"我的衣服够了，不需要再买了"。

可我不买衣服完全不是因为对时尚失去兴趣。那些通过时尚展现自我的人，身上穿的衣服也是一种个人魅力的体现，我也会经常称赞他们："真漂亮！"

只是如今的我认为已经不需要借助衣服的力量来展现自己，这或许是因为我变得更加重视效率。

● 个人色彩课程让我决定选择"黑色"!

我产生这样的想法源自我 30 多岁去纽约时上的一堂个人色彩课程。当时老师告诉我："你非常适合黑色。"

在那之前，我觉得黑色看上去太朴素，所以几乎不穿，实际上，试着穿了穿还挺方便的（笑）。思考如何搭配基础色是件有意思的事。的确，环顾周围，纽约有很多人都把黑色穿得很好看。从那以后，我决定正装就穿黑色的。于是，当我出席研讨会、活动或者出演电视节目和接受采访时总是穿黑色。所以现在，我想一定有很多人觉得薄井辛西娅等于穿黑色衣服的人。

通过观察，我还发现纽约人非常擅长搭配首饰。

我从前也常有机会陪同当时做外交官的前夫出席宴会。每次宴会上都有很多人佩戴着王室般贵重的首饰，但我们家连教育费和生活费都捉襟见肘，自然买不起那样贵重的首饰，我无法和她们在同一个场合争奇斗艳。于是我希望能找到一种更适合我的、同时是我擅长的首饰搭配法，并一直在收集相关信息。

在这期间我找到了复古珠宝的报道。1940年至1960年左右，从欧洲逃出来的犹太人运用优越的技术，采用仿造珍珠和非贵金属制成了一种充满艺术感的人造珠宝，那就是复古珠宝。据报道记载，复古珠宝当时在女性中非常流行。

我被这个报道勾起了兴趣，于是去拍卖行看了实物，并且越来越喜欢。那里还有很多高端品牌的人造珠宝，它们都很漂亮，我都想要，但对我来说还是太贵了。不过我去了跳蚤市场后发现，市场偶尔会出售一些出现在珠宝书上的高质量珠宝。寻找复古饰品也是一种乐趣呀。于是，我一边读书学习历史，一边慢慢购置各种复古珠宝。

但是，即使是贵的复古珠宝也用不了1万日元，如果有价值3000日元的，那也有很多花1000日元就能买到的复古珠宝。

在跳蚤市场收集的复古项链、胸针、耳环。每一件都装在百元店买来的带拉链的收纳袋里。形状和设计各不相同！

在接触复古珠宝的过程中，我完全对真宝石失去了兴趣。你看啊，钻石类首饰真的太过昂贵了，对吧？珠宝的确象征着地位，但比起拼命攒钱买小小的真钻，我更喜欢人造珠宝，有些大尺寸的人造珠宝只要花1万日元就能买到，而且每一件都包含了独特的故事。我们既能了解其中故事，又能把它们作为展现自己的武器，不觉得物超所值吗？

而且，我还在收集的过程中发现了一个秘诀，那就是黑色衣服更能衬托出首饰，多么合理呀！我也会用3990日元的优衣库黑色连衣裙搭配大尺寸的人造珠宝。我常常以这样的风格出现在职场。

我在酒店做销售时的日常穿搭（正中间）：美国品牌希尔瑞的黑色连衣裙搭配复古胸针。我的衣橱里挂着各种符合TPO原则[1]的黑色服饰，从价值数千日元的日常连衣裙到商务用和晚宴用的连衣裙应有尽有。不过嘛，因为全都是黑色的，所以找起来还挺累的（笑）。

---

[1] TPO原则指着装时需考虑到time（时间）、place（地点）、occasion（场合）三个要素。——译者注

我 47 岁起做激光祛斑，重视外表多过考取证书

即便人到中年，我也想自立，想一直工作，因此我觉得努力维持"外表"是非常必要的——但并不是说只有年轻才有价值哟。

例如，全职主妇为了再就业而进行面试时，一个外表干净利落、腰背挺直且非常有职业感的人，她被录用的概率自然要大大高于一个邋里邋遢的人。不论面试时拥有多出色的资质，如果外表看上去毫无职业气息而且状态很松弛的话，那么面试官就会质疑这个人的能力是否在倒退。

很多人会在就职或跳槽前考取资格证书，但我个人一贯主张通过面试、开始工作以后再去考也无妨。比起考资

格证书，更重要的是把自己看作劳动市场上的商品，然后做好简单的自我包装，这正是"建立自我品牌"。

这是 60 多岁的我的真实感受，如果放任外表不管，那么在人生的后半程，随着年龄增长，脸上长出斑、皮肤松弛和白头发变多等问题就会越来越多，为了保持外貌，我们必须在这方面倾注一定的时间和精力。

● 我在近十年中定期做激光美容

我幸运地在 45 岁以后偶然接触到激光美容。

当时虽然我人在泰国，不过陪同驻外的太太们当中有一位女性的美容意识特别强，她经常去一家诊所做美容，那儿的医生之前在美国学习，技术很好。她拜托我给她做陪同翻译，所以我目睹了激光治疗的效果。刚做完以后有一段时间会有炎症，她几乎得遮着脸生活，但当我下一次见到她时，她就变得非常漂亮，闪闪发光。

周围的人都眼尖地注意到了这个细节，纷纷追问："你肯定对你的脸做了什么，对不对，对不对?!"于是大伙儿一窝蜂地全跑去那家诊所做美容，我接连被她们拽着去做翻译，并且目睹了她们每个人在接受治疗后都变得漂亮了（虽然存在个体差异）。

看着周围人全都因治疗而变了样子，我也在47岁时加入了她们。刚接受治疗后，我就感到肌肤变得干净透亮，而仅仅是这一点就让人充满自信。

我离开曼谷回到日本以后，每年都会为了做激光治疗飞一趟曼谷，因为我非常信任那位医生，一直到新冠肺炎疫情导致很难出国才暂停。我觉得现在62岁的我依然没有出现明显的皱纹和皮肤松弛，就是因为我从47岁开始做激光治疗。每次的治疗费用为10万日元。当时因为我一直飞到曼谷去做，所以机票和住宿的费用非常高昂。眼下我正在寻找东京都内美容皮肤科好的诊所。

我没有花什么钱在日常美容上，但如果我觉得性价比很不错，那我就会不惜花大价钱。我今后也想一直工作，所以我觉得激光美容是一笔必要的花费，我想在力所能及的范围内尽量维持外表光鲜。

更年期促使我开始运动

我在前文中提到过,我这个人不擅长且非常讨厌运动。而这样的我不情愿地开始运动是源于更年期导致的身体不适。

当时我突然停经,开始偏头痛,还出现了脉搏跳动不规律和心悸的现象。一开始我并不知道这些是更年期所致,一直在接受错误的治疗,非常痛苦。但我了解原因后改变了治疗方法,纠正生活习惯,并开始运动。这样做以后,我奇迹般地变得元气满满。

自那以后,"如果我不再运动,也许那种不舒服的痛苦又会席卷我",这种想法成为我的动力,运动也逐渐成为我的习惯。

应身体变化的需要,运动项目也随着年纪的增长而发生改变。40多岁以机械训练和健身操等有氧运动为主，只要出汗就能保持体形。但我回国时是52岁，从那时开始，明明运动量没有发生改变，体重却渐渐增加了。因此，我在有氧运动的基础上又增加了肌肉训练。到了55岁以后，身体各处变得僵硬，还出现了腰痛。所以，我和健身顾问商量后决定加入瑜伽，认真细致地做伸展体操。

● **运动项目随着年龄增长而增加**

随着年龄的增长，我等比增加了运动项目，花费一定的时间来保持我的体形。

到了60岁前后，我发现自己常常会在一些并不高的台阶上摔跤，步子变得越来越小。因此现在每当上台阶时，只要可以我就一步迈两个台阶。

但是，我成为社长以后工作变得很忙，很难再增加保养时间。因此，我在日常生活中有意识地通过走路来补足有氧运动。我走了好多路！因为从我家到车站有20分钟的路程，所以走路上班也成了很好的运动。后来因为新冠肺炎疫情导致去不了体育馆，我就买了瑜伽垫，至少保证做瑜伽和伸展运动。

此外，我一直以来都有腰痛的毛病。我跟教伸展运动的老师学习了一年半但没什么效果，所以从去年开始去做针灸，每周一次，每次45分钟，能感觉到一点效果，所以我一直坚持去。

运动需要花时间，非常麻烦，但如果没有体力就无法工作。因此，运动对现在的我来说是不可或缺的呢。

一日两餐，
遵循自我价值观轻松生活

据说运动、饮食和睡眠是影响身体健康的三大要素。我个人对这三件事的排序为：睡眠、运动、饮食。

睡眠呢，我可以一躺下就立刻熟睡。等早晨天亮了，我不需要闹钟叫醒就会自然清醒。睡眠是否良好成了我健康的晴雨表。

无论多忙，我每天一定会确保 7～8 小时的睡眠。有句话说"能睡的孩子长得快"，能睡的中年人也长得快！我还打算多多睡觉快快长大呢（笑）。

运动这件事，虽然我真的很想随随便便就糊弄过去，但我讨厌肥胖，腰痛恶化也很恐怖，所以不得不做。我很喜欢坚定地做完讨厌的事情的自己，所以也许能努力继续下去。

饮食在我心里的优先顺位很低。虽然我在全职主妇时代一直为了家人精心烹饪,但现在我恢复单身,没什么要讲究的。我又不是美食家,就算不吃美食也不至于那么痛苦。之前我一直把肉包当晚餐。

这也许是一种幸运。新冠肺炎疫情导致运动不足,所以我为了控制体重,不久前开始一天只吃两餐。如果工作结束以后 21 点才吃晚餐,那我第二天早晨就只喝咖啡,直到 13 点吃午餐之前都不会再进食。虽然有种每天实行轻断食的感觉,但身体状况很不错。我以前一直深信为了健康早餐必须吃,但对现在的我来说似乎就没什么必要了。

午餐我在附近的定食屋吃 A 套餐。当然,关于套餐的营养是否均衡这一点,我是经过试吃后确认的。我觉得"行,这个没问题"以后,一星期五天就都会吃同样的东西。

可即便吃同样的东西，我也并不觉得腻烦。我不喜欢花时间和精力去决定午餐吃什么，或者找了餐厅然后犹豫不决。所以，为了每天不因为吃什么而迷茫，我就把它当作例行公事。

吃东西这件事对我来说就是为了活着，和淋浴一样，但也有人觉得不该如此。有人把每天的饮食当成活着的乐趣，也有人像我一样只要完成营养补给就万事大吉。这也是价值观的不同。

幸运的是，我现在一个人生活。我觉得按照自己的价值观去过日子会更加轻松。

60多岁也能交到
20多岁的朋友

最近,越来越多20～40多岁的朋友联系我。我希望我认识的这些朋友能够意识到自己的可能性,握住自己人生的缰绳。虽然我可能有点多管闲事……

因此,我尽可能地与参加演讲和研讨会的人们保持联系,我会在社交网站上回关他们,也一定会回复他们在SNS上给我发的信息。

当然,一一回复非常耗时间。但是,和各种立场、年龄、领域的人交流对我来说也是一个很好的学习机会。无论是从工作还是私人角度来说,交流沟通都会出乎意料地让我们迸发出新的想法,或者帮助我们开展新的工作和活动,有时还会让我们认识到多样性,比如:"他和我的价值观完全不一样呢！"我女儿的朋友也常常会联系我，我女儿似乎告诉了她的朋友们："我家老妈相当有意思，你们也可以和她聊聊看哟！"

我和当代年轻人聊天以后强烈地感受到一点，那就是越认真的人越对未来感到不安。

但是，以我这个60多岁的人的视角来看，如今的日本，即便你想失败都没法儿失败啊！你看，日本的治安很好，还有健康保险制度。接受日本教育后长大的人即便曾经做了错误的选择，但几乎没有人会极其堕落然后再也回不到正轨。

因此，我常常认为："如果感到迷茫，那就不管三七二十一先试试如何？"因为我觉得，比起直接做一个无可非议的选择然后再后悔，不如即便迷茫也先试着坚持选择，大不了在哪里跌倒就在哪里爬起来。

● "第一次有人告诉我这样的事"

前几天,我和一位20多岁的女性共进午餐,她正在烦恼是否要跳槽,我建议她:"总之,先试试怎么样?"

还有人问我:"我犹豫了五年,不知道要不要和男友结婚。实际上,我脑海里并没有浮现出五年后我们还在一起的场景……"我的建议是:"谁也不知道五年后会发生什么。如果不顺利的话分手不就行了,所以,不如先结婚怎么样?"

有个大学生拿到了两家公司的offer,不知道去哪家好,无法做决定,我建议她:"不管你去哪家公司都一样哟。又不是四十年一直待在同一家公司里工作。总之,我觉得你先去历练一下会更好。"

其实,我只是把我当下的感受和想法告诉她们而已,但大家听了以后都瞪大了眼睛,吃惊地表示:"是吗!第一次有人告诉我这样的事呢!"如果平时周围人给予的建议全是很严谨的,那么原本就很认真的她们或许就会渐渐埋没于认真的世界,然后迷失了自我——至少我是这样认为的。

如果周围有人告诉你:"重要的是要靠自己做决定,选择哪一种都没关系。"或许你会更加轻松。

熟练使用 SNS 发布信息也是在建立自我品牌

你希望社交媒体上的自己是怎样的形象呢?

有人擅长发布信息,有人就不擅长,对吧?我本人也不擅长发布自己的私人信息。但 SNS 其实是一种非常有利于开展商务活动的工具,所以我也会适当使用。

发帖时,为了让别人找到我们想传达的信息,我们都会带上主题标签。事实上,主题标签就是一种工具,它直截了当地将你发布的信息、你自身的价值以及你是一个怎样的人传达给了周围的群体。

给自己贴上准确的主题标签,然后持续发布与主题标签相关的信息,这就是当今时代的自我品牌构建。

我经常使用的主题标签有 # 原全职主妇、# 人生百年，根据发帖内容的不同，我也会使用 # 旅游、# 酒店经营、# 育儿是有时间限定的、# 陪同驻外太太、# 中年人等标签。举个例子，领英就是我会特意使用的 SNS，主要用于发布与商务相关的帖子。

有一段时间我只发与旅游相关的帖子，我会贴上 # 旅游的主题标签，然后选出商工会议所的活动通知和旅游新闻，再加上我自己的观点。因为当时我想给自己打造一个"旅游专家"的形象。甚至有海外媒体来找过我，希望我对日本的旅游情况发表评论。

此外，因为我最主要的身份就是"十七年的全职主妇"，所以有一段时间我专注于用 # 原全职主妇的标签发布关于女性再就业和走进社会的帖子。因此，我被大家认为是"女性活跃支援"和"多元化融合"相关领域的人士。

总之，虽然我们在 SNS 这个平台上想表达什么很重要，但有效利用 SNS，把它作为一个能够广泛展现自己的舞台，让别人知道你希望他们如何看待你也同样重要。因此，SNS 上的行为、发帖内容以及回帖方法等，一切都会成为构建自我品牌的素材。

● 如何使用不同的社交媒体？

虽说各种社交媒体被统称为 SNS，但实际上各式各样。我觉得有效利用各自的特征然后娴熟使用，对今后的自我品牌构建来说不可或缺。

我的使用情况如下：

脸书　和旧友交流、沟通工作（2 个账号）

领英　发布具有专业性的帖子

推特　私人发帖

要注意的是，发布的帖子不要全是自己的演讲和工作宣传。

因为如果发布的内容全都是宣传，那么阅读的人就会觉得很扫兴。就算宣传很多也要把比例控制在所有帖子的

10%以内，除此之外，还要注意有针对性地发帖。就算是评论他人的帖子，也不能写太长，要充分地阅读内容后理解他想要表达的意思，然后直截了当地写下评论。

不管怎样，这都需要有非常优秀的读写能力。因此，就算我现在要发一篇帖子也要花很多时间。

我在注册账号以后，先花了一点时间充分观察。我关注了很多我在意的人，从名人到身边的人，然后研究他们发布的都是怎样的帖子，他们认为怎样的帖子才是好帖子。我第一次在领英上发言是我注册账号约两年后。我十分庆幸自己这样做了。打算使用领英的朋友，我建议你注册账号后给自己设定一个时间期限，在这段时间内一边观察大家是如何沟通的，一边学习交流的礼仪和规则。

结 语
往后余生，不求幸福，但求满足

感谢你读到最后。

无论你现在是感到有些迷茫，还是对人生倍感无措，或是无法接受当下的自己和人生，如果这本书能对你有一点点有用的启发，那我将不胜欣慰。本书还包括了一些历来采访等未曾提及的小插曲以及我个人的经历和实践，我都尽量事无巨细地与大家分享。

即便你不接受现在的自己也没关系。无论你年龄几何，是否已婚，是否有工作，你的人生任何时候都能改变。

我希望大家都能接受自己，然后再走向未来，因此我写下了这本书。

当我直面自己的劣势和极限后,我学会了当机立断,它帮助我接受自己的人生。只要具备这种能力,那么今后无论遇到怎样的情况,我们都可以始终保持自我。

你的幸福时刻是什么时候呢?

每个人都不一样,也许会有人觉得人生中最幸福的时期已经过去了,被父母的爱围绕的孩提时代、能够追梦的学生时代、与爱人相伴的幸福时光、忘我育儿的为人母时期……

我人生中最幸福的时光是养育女儿的十七年。甚至我愿意放弃现在我所拥有的一切,然后回到那段时光。我的幸福在过去,我觉得我不会再拥有那样幸福的时光了。但如果这样的话,我今后的人生究竟要指着什么活呢?

我花了很多时间去寻找这个答案。当我终于找到时,已经年逾五十。即便女儿已经独立,丈夫和我的价值观也背道而驰,但我依然没有一个人生活的勇气,稀里糊涂地活着,于是我陷入了抑郁状态。

结 语 往后余生,不求幸福,但求满足

为了治疗,我去看了很多次精神科,当时医生这样问我:"你什么时候才会觉得满意呢?"

医生看穿了我的想法,我这个人总是不断努力想要做出更大的成绩。他问我:"你为什么要那么拼命呢?你觉得要做到什么程度,你才会有成就感?"于是我重新回顾了自己的人生,然后回答道:"很长的一段时间我都在做全职主妇,我一直觉得没有面子。而且我觉得自己非常无能,无法平衡工作和育儿,我对此感到很羞耻。所以,我以前想利用完美的家务和育儿成果来维持自己的骄傲。为了不让别人觉得我是笨蛋,我一直发奋努力。对我选择的人生,明明我接受了,也很满足……"

面对这样的我,医生是这样说的:"你总是为了'更好的明天'而活。眼前发生的现实,似乎永远都是未来的彩排。"

我听了这句话后感到莫大的失落。每天都是彩排,的确如此。我并没有正确公正地去评价我达到的目标以及做到的事情，我始终都只考虑未来。

从那之后，我就发生了变化。我放弃了幸福。

或许有人听到这话会大吃一惊，但我绝不是放弃了人生，也不是无法忘怀幸福的过去。只是因为我真的想通了，我要接受"幸福"的过去已经过去，今后的人生我要以"满足"为目标。

一个人在承认自己的极限和劣势的同时，也要认可自己已经取得的成就，我觉得这样就能充分地接受过去和现在的自己。所以，我在年逾五十的节点重启了我的人生。

之后，我回到日本后的生活就如本书中所写。

现在，我的每一天都过得非常满足。

各位朋友，希望读了这本书的你能够亲手掌握未来，大步向前走。

薄井辛西娅

2021 年 9 月 30 日